岡山県歌人会作品集

第１５

岡山県歌人会　編

大学教育出版

目次

作品集第十五編集委員

能見謙太郎
岡　智江
小林智枝
関内　惇

校正委員

飽浦幸子
野上洋子
平井啓子
村上章子

凡例

一、配列は五十音によった。第一字の漢字を合わすようにした。
一、作品は原作を尊重したが、漢字および仮名遣いの明らかに間違っているものは、これを訂正した。
一、新旧仮名遣いの混同しているものは、どちらかに統一した。
一、旧字体を用いたものについては、原稿を尊重した。
一、氏名のルビは、詠草の仮名遣いに関係なく、新仮名遣いに統一した。
一、詠草の中の不必要なと思われるルビは抹消した。
一、詠草以外の欄については、次のように統一した。
(1) 題名欄　雑詠・題名のないもの等は「八首」とした。
(2) 下　欄　生年月日・電話番号は発表しないことにした。
著書は二冊までとし、十五人以上の合同歌集は載せていない。
一、詠草の下欄の番号は次のように示してある。
①住所　②所属（結社・グループ等）
③主な著書

新緑

青木《あおき》　政子《まさこ》

五月晴れ青葉若葉は萌え出づる日暮れて新月窓を照らしぬ

あおみどり重り合いて響きあう景色のなかを鳥は囀る

新緑に時鳥鳴く五月晴れ諸手をあげて吾は叫びたし

待ちわびしミニバラ数輪咲き出でて我が狭庭辺は初夏の装い

木から木へ朝の小鳥の声わたる居心地のよき出で湯の宿で

キッチンの隙間に掛けしカレンダー今朝は五月の景色と変わる

咲き初めしミニバラ一輪瓶に挿す初夏の日差しが来てる窓辺に

カーチンが揺れてみどりの風が来て「朧月夜」を口ずさみいる

① 709-0605　岡山市東区　② 上道短歌

田舎に生きて

青山《あおやま》　弘恵《ひろえ》

朝日さす樹氷の稜線を青空が浮き上げ映すか一瞬の間を

五月晴鯉幟泳ぐ梨畑に青葉聞きつつ花芽摘む我

落葉樹に厳しき寒さを感ずるもはや地面には蕗の薹出づ

川面より発ちて早苗を飛び越えて蛍が我が家に光もたらす

都会には何でもあるが田舎では鶯鳴きて心ゆつたり

心配させた雨もあがり焼肉を囲む友の背に花びらひらひら

台風の予報に急いで溝さらひ予想違ひにがつくりする夫

検診日古希の年齢に改めて健康管理を強く感じぬ

① 701-2615　美作市　② 英田短歌

父の声母の声

赤埴《あかはに》　千枝子《ちえこ》

寝たきりの母の黒子を数へし後にわれの黒子を数へてをりぬ

押入れを開くれば古き蚊帳のあり「臍を押さへ」とふ母の声聞こゆ

もの言へぬ母が小さく咳をする名を呼ばれしかと急ぎ振り向く

若山牧水の酒の歌五首を紙に書き入院せし父は日ごと読みをり

病室をわれが去るたびそのたびに父は両手を合はせ掲ぐる

鏡を前に紅をさしつつ浮かび来るは父の声にて「ルージュが濃いぞ」

西に行き眠りゐる母に父を語り東に行きて父に母を語る

ふるさとの川の流れはゆるやかなり何かゐるのか藻の花の揺るる

① 710-0048　倉敷市　② 龍

稗　切

赤堀《あかほり》　敦子《あつこ》

トラクターの夫を見守る距離にゐて土手に萌えたる早蕨を折る

除草剤の散布をせねば斯くのごと田の真ん中に稗の島見ゆ

田の畔にどさりと稗を放り出し炎天を仰げば眼眩みぬ

泥の手に拭ひも得ねば虹色の汗は取りゐる草に滴る

草ひきに耐へて震への止まぬ手に包丁持ちて夕支度する

歌の種拾ふと出でし野の道に草の実ばかり身に纏ひ来ぬ

ひとひのみ看取りを解かれて戻る道秋の空気がこんなに旨い

夫病みて収穫せざりし黒豆の畑を埋めて雪降り積る

① 708-1323　勝田郡　② 地中海

一条の青

赤堀《あかほり》　千久代《ちくよ》

早朝に初雪降り来し村の道焚火の香のする無音の中に

山襞に雪を抱くのは霊山の後山らし衿正しみつ

昨冬に続きて今年も獣避柵雪解け待ちつつ作業を爲しゆく

猪ネット・並板トタン・「電柵」で囲ひし山畑の野菜はうまし

暖かき日が続きたり山畑に播きゐし人参が一条の青となる

人間の篩は何かと思ひつつ荏胡麻を篩ふ初冬の午後よ

声高く「ゐのこ」祝ふと子供らが訪ね来て唄ふ祝ひ唄を聞く

セピア色の紙に包みおきたきわが思ひ「B29」の白き飛行機雲よ

① 美作市　② 龍

ちくさ川

赤松《あかまつ》　ひさ子《こ》

暖き部屋より庭先見てをれば椿の葉より露光り落つ

田の岸に種を落として咲きつぎし菜の花の黄が明かるかりけり

赤き花かにばサボテン鉢二つ置けば華やぐ我が家の玄関

川沿ひの広場の桜は盛りすぎ風なき夕を絶え間なく散る

農村の夏は草との戦ひだ日陰を選び無理はすまいぞ

赤紙が近藤先生に来し時に皆で泣きたる「小五」の教室

時々は川の瀬音を聞きたくて千種川沿ひを一人で歩く

山川の恵みを受けて空気よく水も清らか自慢の故郷

① 679-5224　佐用郡　② 三河短歌

通信教育16年

秋元《あきもと》　信晤《しんご》

八十路すぎ涙線ゆるむこと多しテレビの役に心とけ込む

久しぶり同期の友との食事会競うごとくに病気の話す

体調の不良の折は亡き妻が居てくれたらと思うことある

齢積み夢も希望も遠のくも卆寿まで五年まだまだやれる

詠進歌次点と思えばあと一歩松の間めざし今年も出すぞ

孫抱いて跡継ぎ出来たと見せに来し向いの夫婦隣へもゆく

住みてから三十余年聞かざりし子供の泣く声　老老の里

啓蟄の前に孤焼く後楽園みの虫吾は寒くて出れぬ

① 701-0164　岡山市北区　② 水甕

浦島太郎

秋山《あきやま》　幸子《ゆきこ》

この赤子いかなる人生開けるか眠るを抱きて見つめるばあば

ボケ防止頭の体操国語クイズ解くも楽しく鉛筆走らす

手押し車押して郵便ポストまで二十メートル歩くはよしと

一人暮らしの集ひに招かれ共に歌ふ童謡あまた声も涸れよと

デイケアのベットよ見える青空に白雲動く自由自在に

農知らず育ちし子はも職退きて作りし新米を運び来たりぬ

入院の一年を経て帰宅する私は浦島太郎のようだ

朝毎に楽しみて見る秋海棠今日は満開明かるき庭よ

① 708-0052　津山市　② 橄欖　③ 旅のレクイエム・ひたすらに生きる

人生は

秋吉《あきよし》　信子《のぶこ》

写真展に師の故郷の安曇野あり常念岳と道祖神よし

永年を鳥啼く里にくらしきて友と短歌を詠める幸あり

さらさらと笹の葉涼しき音をたて七夕飾りの短冊たのし

人生は仲々よきと想いつつ子の住みている外つ国を訪う

マンションの三十二階より見放くるは雨にけぶれる上海の景

禅宗の上海最古の龍華寺に泰山木の白き花咲く

上海の夜は更けてゆく雑技団の見事な技に拍手続けて

花言葉「みんな幸せ」のルピナスを庭に咲かせて今年も愛でむ

① 710-0043　倉敷市　② からたち　③ 子らよ羽ばたけ・あじさいの詩《うた》

森ありて

飽浦《あくら》　幸子《さちこ》

わが内に繁る森ありて風吹けばどうしようもなくさわぎ始める

一つ峠越えて入り来し安養寺牡丹の花は過ぎてゐにけり

鏡の如きゆふぐれの水鳰鳥は羽博きあそぶ時に潜りて

大麦はますぐに伸びて芒《のぎ》いまだ青くやはらかく風にゆれゐる

青空のうへも青空ひばりのこゑが天にのぼりてやがて消えたり

友らとのつき合ひ淡くなりながら夕餉とるわれら湿りてはならず

ビル風に逆らひ自転車を漕ぐわたし倒されまいぞ飛ばされまいぞ

あふれ咲く海棠の花に降る紅雨八十代は意地で生きゆく

① 710-0824　倉敷市　② 龍　③ 旅は祈り・遠景の棟《あうち》

父母の後生を

浅野《あさの》　竹子《たけこ》

久びさに缶より出して虫干しす父の形見の羽織と袴

縫ひましし母を偲びて取り出す薄墨色の単衣の長着

織られしより幾十年を経し布か虫の付かぬを尊しとせり

紬の裾ひるがへしつつ自転車に乗りゐし父よ面影にたつ

母の顔知らぬ妹あはれなり話すはいつも父のことのみ

年長く吾が家に在りし父母を永代供養に預けまゐらす

高く立たす阿弥陀如来の御前にぬかづき祈る父母の後生を

ひと木は散りひと木は黄葉の大公孫樹父母を預けしみ寺の庭に

① 笠岡市　② 新アララギ・吉備短歌

早春の蒜山

芦立《あだち》　和子《かずこ》

我が視野に三秒程の舞を舞う春のボタン雪優雅に降り来

暗闇にトタンの屋根うつ雨の音雪解けすすむ春の夜の雨

霞たち墨絵の世界濃く薄く現れては消え春の深まる

もやの中浮かぶ家々静もりて流れる小川の音のみ聞こゆ

雪解けの畑を想いカタログをめくりて野菜の配分をする

頬紅を差したるごとき朝焼けの空拡がりて蒜山の春

カーテンを開ければ残る街灯の明りを見れば今日は始まる

餌をまつ小鳥のごとく一斉にクロッカス開けば待ち待ちし春

① 717-0601　真庭市　② 蒜山短歌・窓日

母の背

芦田《あしだ》　房子《ふさこ》

九十八歳の母がしっかと覚えいて届けし祝いに喜寿と気付きぬ

草萌の野道はるかに楽しみて吾を待つ母の黒き背が見ゆ

一粒の飯にも感謝せよと言い「目が潰れる」と母は躾けぬ

孫が来れば相好くずす母なるに吾が訪えば当然の如く迎えぬ

母の畑のピーマンオクラを母の如く帽子にくるみ持ち帰りぬ

身の丈に合せて生きよと母の言葉思い返してウインドーショッピング

忘れざる母の味切り干し大根戦後の花見の馳走になりしを

小松菜を蒔かんと購いしその種を嫁に頼みて母は逝きたり

① 708-0036　津山市　② 地中海

老の日々

有岡《ありおか》　文恵《ふみえ》

山中の公会堂の広き窓覆ひて桜満間の茶会

近々と三郎島の見える浜にアッケシ草の朱に広がる

空襲に家焼かれし跡をおとのへばかの日の如くハナミズキ咲く

百日紅の風にゆれやまぬ白き花見つめ疎開せし寺と児童等思ふも

目の前に櫃《ヒツ》石島の上に立つ瀬戸大橋の白き脚柱

デイサービスの誕生会の写真の夫明るく笑みて老の感じなきに

夫待ちし裏戸に立てば赤蜻蛉飛び交ひ夫を待ちし日の如

鈴蘭を北海道より送り給ひし亡き師の君を年々思ふも

① 714-0033　笠岡市　② 新アララギ

義父

有元《ありもと》　君江《きみえ》

堰を越え勢ひつけし水の音田植ゑ終はると告げゐるように

ふる里の烏ヶ仙の「ころりん坂」今も遠足続いてゐるらし

石の間を出できて仮面を脱ぐ百足が朝の墓場で見せたる一齣

帰り着き鍵を抜くまに飛んで来て揚羽蝶舞ひ空に消えゆく

人間は我らの中を探知せしと地下で蟻らは囁きゐるや

草叢に軸をのばしし吾亦紅花びらなくも目を引く初秋

住時なる里へ通ひ来し猫チャコの主母さんの葬儀はじまる

古本に紛れし未投の葉書みて会ひしことなき義父に近づく

① 707-0113　美作市　② 勝田短歌

小さき旅

有元《ありもと》　理嘉子《りかこ》

今は亡き夫と買ひにし思ひ出の服を吊るして旅を待ちをり

姪や子やその伴侶らに守られて長野の旅は我の糧なり

咲き乱るる河津桜の町に来て何処まで続く花のトンネル

無限なる温き空気を全身に貰ひて旅す三泊四日を

上高地に心残して帰り来ぬ清らなる水よ焼きつく景色よ

「来年も又来てよね」と姪の婿優しき瞳に繰り返し言ふ

旅の日を順に並べし写真集作りてくれたり私の宝

別れ際姪に賚ひしはつか飴野良着に忍ばせ今日も野に出る

① 美作市　② 吉野短歌・龍

ひとりごと

安東《あんどう》　和子《かずこ》

土を踏む感触もなき世となりて猪の子石持ち少女も来たり

人通り少なくなりて品売れぬ友の店にて懐炉を買ひたり

嫁ぎ来て七十年は遠しとも昨日の如しよひまはりが咲く

衆楽の睡蓮美しきを共に見し君は浄土の人となりて

立葵のてつぺんの花咲きたれば梅雨あくると言ふに昨日今日雨

地図になきふる里の川はらからと水あびしにし「かにこ川」在り

生きかたを変へさへすれば良きことに気づきて気楽雨の日もまた良し

はるばると黄泉路を帰る夫を待つ菓子買ひて盆近き日に

① 707-0113　美作市　② 勝田短歌

生きをりて

安東《あんどう》　松代《まつよ》

ほどほどに明け暮れ出来てほどほどの楽しみもありほどほどでよし

七転び八起きで八十路も半ば過ぎ歌詠む余生幾ばくかやと

三人の子供包みし半天を廃品に出して残る思ひ出

ありがたう今日も一日休みなく脈うつ手を持ち眠りにつきをり

この一冊書き終ふる事出来るかや三年連続日記十冊目となる

窓叩く風の音にて目を覚まし五本の指を順に折りみる

難聴となりて不自由となりたれば聞きとれぬ事は笑顔で頷く

被害なく我が里照らす名月は被災の地にも輝きゐるか

① 709-4205　美作市　② 能登香短歌

しづかな夕餉

安藤《あんどう》　兼子《かねこ》

魂のふはり浮くとふ温泉の恋しくなりぬ春浅き夕

乳色の牡蠣の身浄らつるるんと喉下るとき背筋正せり

紅梅のぽつと明るき一樹あり二月の光を夫に話さむ

耳立ててチワワが春の風を嗅ぎ紐の長さに弾みてゆけり

フランネルの肌へに咲ける泰山木の花を肩馬《かたうま》の子が触れてゐる

木犀の匂ふしづかな夕餉なりこぼるるほどの言葉交はして

酢のやうなせつなさ鼻孔を通るとき初冬のひかりに眼を閉ぢる

カート引き買物に行く身となりぬまたひとつ未知に入りゆくこころ

① 701-1211　岡山市北区　② 一宮短歌

桃源郷

安藤《あんどう》　久恵《ひさえ》

山里の春はいやしの桃源郷どこまで続くや花花花

ひさびさの雪降る中にてどんど焼き雪見ぜんざい胃にしみわたる

さねかずら銀木犀を乗っとりて勝ち誇るがに香りを放つ

ラベンダーの友に届いたこの香り皆みんなにいやされてほしい

薔薇の海の脚立の上は別天地とっぷりつかりて花柄を摘む

老いすすむ父母にいつものありがとう感謝の数ははかり知れない

オカリナのやさしい音色がこだまする蟬と鶯を伴奏にして

すやすやと夫の腕に寝る「ニャンコ」今宵はどんな夢見るのだろう

① 709-0514　和気郡　② 英田短歌

耀ひながら

井内《いうち》　利子《としこ》

草いきれする原つぱにゆるゆると生命《いのち》の白し蝶一頭の

バッテングセンターのネットに引つかかる没陽の見つむる野球少年

朝光の中の保育園赤帽子黄帽子青帽子ぐるぐる走る

庭隅の蛇口に生るる水しづく耀ひながら膨みゆきぬ

鳩抱く塑像の少女のあふぐ空季《とき》は幾度《いくたび》めぐりてをりぬ

夕暮の畑に種を撒く男《ひと》の手よりこぼるる光の粒子

冬星座つなぎゆく小さき機影見ゆ宇宙の都市の何処にありや

如月の夜半は仮想の森に入りシャガールの蒼き空を見上ぐる

① 702-8024　岡山市南区　② 窓日

万物流転《パンダレイ》

井関《いせき》　古都路《ことじ》

万物流転《パンダレイ》さはさりながら今死者を送りて立たす一炷《しゅ》の煙

西東三鬼の口髭のやうなるブラシもて消しゴムの滓を払ひてゐたり

母とわれの間に流れゐし不可視の川あるひは迷路のやうな細径

母恋しと思ふことつひに無きわれが肩痩せて着る母の縞お召

狂ほしき旱の続き苦瓜の枯れ果ててさて悪人正機説

「人千人殺してんや」と木菟《づく》が鳴く杜も煮えさうなこの熱帯夜

糺の森からのらりと歪な月が出て今聞いたことを忘れてしまふ

疎開地なりし鳰の湖畔に一人来てこの世の渚に洗ふ指先

① 706-0021　玉野市　② 龍　③ 色身・青彦

村の春

井上《いのうえ》　さかゑ

一つまた一つあかりの灯る朝その様早まり村は春めく

玉葱に積む雪とけて聞こゆるは「さあ起きあがれ」と差す日のエール

彼岸花の緑濃き葉の生き生きと褐色の岸に覚めてたくまし

萌えいづる若葉に烟る春の雨こころほぐされひと日鍬を置く

晴れ渡る四温のひと日の空の下上着放りてジャガ芋を植う

竹竿に褪せし野良着が揺れをりぬ菜の花咲かす黄色き風に

午前四時ポストの新聞手に取れば春の香つつむインクが匂ふ

山も田も日々刻々と緑増し躍動の喚起天地を駆けゆく

① 岡山県美作市　② 龍

熊本城

伊丹《いたみ》　貴美子《きみこ》

頭陀袋と金剛杖を買ひ春を待つ四国八十八箇所を巡らむ

微塵切り・千切り・薄切り冷凍庫に一年分の生姜を仕舞ふ

虫喰ひにてあれどもこれは無農薬捥ぎし胡瓜をまるかじりにする

収穫せし胡麻一升を手に掬ひこの果てしなき粒を思ひをり

体操に胸を反らせば明け残る月に近づくジェット機がゆく

満開の桜の上の青空に聳えし熊本城を眼裏に置く

清正も嘆きをらむや熊本城四百年後を地震に崩れて

畑に来る鳥とわれとの知恵くらべネットを張つたりきらきらさせたり

① 710-1101　倉敷市　② 龍

藤のむらさき

生田《いくた》　孝子《たかこ》

新緑の山を色どる藤の花むらさき映えて山の移ろゐ

活きのよき目張に包丁当てむとし曇りなき目に一瞬たぢろぐ

「ごめんなさい」たつたひとこと言へざりき窓の向かうに薔薇のくれなゐ

萩の花しだるる道を通りぬけ夫と今年も彼岸参りする

明け方の夢に出で来し母なるを床の中にてその影を追ふ

天界へ誘《おび》かるるごと友と乗るスカイツリーのエレベーターに

降り積もるプランターの雪取り除くビオラの花は健気に咲きぬ

生き甲斐は何かと胸に問うてみる音なき夕べかぎ針を持つ

① 718-0016　新見市　② 沃野　③ わたしの轍・わたしの轍Ⅱ

玉　葱

石井《いしい》　嘉香《よしか》

うす皮を茶色に染めて玉葱は昨日も今日も皿に転がる

茶褐色の日びに濃さ増す玉葱の直ぐなる姿を終日見つむ

はちきれむばかりに満つる玉葱は若芽ひとつを小さく生みたり

卓上のまん中を占め玉葱は夢果さむと渾身の生

玉葱の芽吹ける命それぞれにはらから抱くか乱舞はじまる

玉葱の伸びゆく若芽は芯に向き緑増しゆく四月の競演

玉葱は力つきたか芽吹きたる子に吸いつくされてここに終れり

玉葱は人とひと世の重なりて母を偲びぬ十日目の夜

① 710-0062　倉敷市

零る

石田《いしだ》　泰子《やすこ》

年の瀬の静寂破るワゴン車から思い出置きに児の零れ来る

日本という小さな国に住みながら離れて暮せば限りなく遠い

虫の音は夏を仕舞える鎮魂歌別れはいつも予兆と共に

寄り道をしつつ歩んだ横顔に夕映え赤赤このままでいい

熟れ過ぎて弾けしトマトの頭上には絵葉書のような空の広がる

アイロンの温もり貰いて蘇る夏色のシャツは少しさみしげ

言葉一つ擦れ違うことの気の重さ自立せし子に心砕きて

浮草の溢れる水路の下にいて餌を取る鷺の五感に喝采

① 710-1305　倉敷市　② 水甕

春を待つ日々

石邨《いしむら》　詩南子《しなこ》

木斛の白き花びらうつむきて写経の水汲む傍へに香る

本堂に真昼の空白埋めむと写経の墨をゆっくりと磨る

墨をする音にもそれぞれ個性ありて写経する本堂に墨の香の満つ

あたたかき湯呑みを両手に包み持つ写経を終へて講話ききつつ

此の経を書写し奉ると唱へをりうからやからの幸を願ひて

曾ばあちゃんとなる日は近し長生きをしてねと男孫のよろこびの電話

女系五代吾が家に曾孫さづかれる男の子か女の子か春の待たるる

桜咲く春に生まれる曾孫待つこの冬の陽のほのぼの温くし

① 709-0614　岡山市　② 上道短歌

五月の風に

出平《いぎひら》　朱美《あけみ》

鉛色の空とは逆に初めての津軽の旅は心晴れやか

病院に倒れし父を運びし日は満開なりしよ忘れ得ぬ桜

心配せし再検査後に見る桜はひときは映えて華やかなりけり

薬効にと求めし母を思ひ出す甘き香漂ふくちなしの花に

午後六時寺の鐘鳴る道ゆけば背をおす風に秋の気配す

黄泉路へと旅立ちし母の安かれと赤飯供ふる三月命日

山々は緑の濃淡織り成して「我の季《とき》ぞ」と威張りをるがに

木々の葉は五月の風にはむかひてうねりて葉裏の白翻す

① 707-0131　美作市　② 勝田短歌

夫との五十年

稲家《いなや》　和子《かずこ》

大病を打ち越えし夫は穏やかに夫婦の歯車きしまず回る

早朝に西瓜敲きて熟れ具合調べる夫を烏が見おろす

夫の作りし太き大根を褒めたれば罪あるごとく言い訳をする

機窓に見し富士の裾野の広きかりしを靖国の父に語りやるべし

靖国の祭壇の前に並びいぬ一粒種の遺児なる夫と

ラブ・ユーを言いしことなき五十年夫へのチョコにそっと誌しぬ

胸に掌を組みて眠るを常とする夫なり吾は大の字に寝る

半歩とても夫に遅れることもなく残されし日日も並びゆくべし

① 708-1545　久米郡　② 地中海

思ひつくまま

今井田《いまいだ》　妙子《たえこ》

初春を寿ぐごとく咲ききそふ白玉つばきは真白き色に

とんど焼無病息災祈りつつ煙の中に人らの集ふ

花祭りビオラやゆりやチューリップそれぞれの彩にて出張しをり

紫陽花の花咲きにほひしかの日あり今廃校の庭の静寂

児童らに呼びかけをする「おはよう」がこだまを返す朝の校門

早苗田の緑日ごとに色をまし黄金に実る秋の思はる

新ジャガの季節となりて食卓に薯の料理がずらりと並ぶ

夢かなひ九十九島の旅となり船でめぐれりその島々を

① 701-2515　赤磐市　② 赤北短歌

村は今

今田《いまだ》　明子《あきこ》

土を割り芽を出すものみな嬉しくて朝毎見巡る春のわが畑

街に育つ男孫に作る手料理は畑の野菜で少しワイルド

十年後のことはさておき広き田を夫の田植機は軽やかに進む

葉の先のなべてに小さき露やどし朝陽を待つがに静もる稲田

片腕にて農一筋に生き来しに抱けば軽し舅《ちち》の骨壺

舅の葬を終えたる朝裏池の蓮の白さがこころに沁みぬ

人も稲も猛暑に耐え来て村は今コンバインの音おちこちに響く

電線と松の秀に渡す蜘蛛の巣に獲物ゆれいて透ける秋空

① 709-0522　和気郡　② からたち

風吹きわたる

入矢《いりや》　敏江《としえ》

朽ちゆける大き桜を伐り終へてしばし佇む空を見上げて

木々の間に篝火が燃ゆゆらゆらと私の中にも篝火が燃ゆ

「また帰るから」夫に似た手で背を撫でていともやさしく子が犬に言ふ

無神経無頓着なる夫なりて多々ございます都合良きこと

まじまじと眼鏡をかけて見てゐるは仰向けに眠る犬の髭面

濡るるほど霧ふかみゆくぬばたまの夜をさまよふか鹿は鳴きつつ

水のおと木立を過ぎゆく風のおと目を閉ぢをればわたしは消えて

こもごもの悔いや未練は思ほへど風吹きわたる蒜山三座

① 707-0011　美作市　② 龍

季々に

上田《うえた》　満枝《みちえ》

花びらを踏みて歩めば春のゆくなごりの色の消えてゆくなり

汚れなき年頃にも似た白木蓮が今年もみごとと知らせたし友に

きぬさやもグリーンピースもいただきて五月の私はいよいよ緑

草引きの傍によりくるジョウビタキに手元休めて千代女の気分

過疎の宮も竹灯籠に灯の入りてあかり揺らげば今宵幽玄

わが家にはブラックホールの潜むらしあるはずの物すぐかくれんぼ

いただきし桜の蕾に重ねおり生まれくる児と花の咲く日を

みどり児は天使のごとき寝顔にて母の腕は金のゆりかご

① 709-0873　岡山市東区　② 真葛短歌

弾　琴

上野《うえの》　征子《せいこ》

遠き日のさやかな葉音を鳴らすべし一本《ひともと》の桐琴となりても

桐の面　象牙の琴柱《ことぢ》　絹の絃の共鳴の妙　琴の音色は

十三の琴柱をたてて張りつめし絃つまびけば過ぎし日甦《かへ》る

平《ひら》調子にあはせ爪弾く「六段」の調べは極月の凪に紛れず

潮騒の音さゐさゐと身に響く「千鳥」の曲のトレモロ弾けば

左手ではじく低音身の芯に沁みてひとりの「夜の円舞曲」

柱《ぢ》の位置を雲井調子にかへて弾く琴は哀《かな》しみの楽器となれり

琴爪をはづして余韻を耳朶にきく四次元よりくる旋律無限

① 702-8056　岡山市南区　② 窓日

二重橋まで

植木《うえき》　泰子《たいこ》

「あっ富士山」思はず大きな声を出し立ちあがりたり　視線が射さる

見えざりし富士のお山にシャッターを押ししは去年の夏の思ひ出

新幹線の小さき窓に額よせて口遊みをり富士山のうた

あでやかなる振袖着せて描きたる片岡球子の「花咲く富士山」

富士山はよくかくれんぼするのよと沼津の友の粋な言葉よ

東京にまだ不馴れなる孫につき弟の見舞ひに病院へ行く

目黒川のほとりの桜の咲き初めを見てをり吾ら姉妹五人《いつたり》

歩かうよ元気ださうよ玉砂利を踏みつつ歩む二重橋まで

① 718-0011　新見市　② 沃野　③ 一滴の技

枇杷の葉

植田《うえだ》　睦子《むつこ》

「携帯」に残りたる姉の声を聞く亡き母とも思ひつつ今日も

玉葱の皮で染めたる袱紗をば褒めゐし姉よ満ちたりた顔に

蚕を飼ひその糸で染めしわが祖母よ梔子の色の美しさを思ふ

枇杷の葉が湿布薬だと教はれば煎じて貼りぬ姉の手冷やさむ

家を巡る谷川は過去も今も知る流るる水に問うてもみたい

「摩」の字より写経をはじむ一文字を書くたびわれは亡き人思ふ

観音の俯くお顔に桜が散る祭りののちの静かなる日暮れ

この桜今日が満開と言ひながら夫の背中の花びらをはらふ

① 714-1226　小田郡　② 龍

すこやかに

植月《うえつき》　澄子《すみこ》

茜して静かに暮れゆく早春の空を見てゐる老いのゆとりに

何事もゆるせるやうな心地して春の光りにシャツを干しゐる

古里の祖母のつくりし蕗の味噌を嫁とつくりつつ亡き祖母思ふ

赤トンボ荘の四階レストランはバイキング好きなものを好きなだけ食ぶ

蒜山のやまな食堂に子らと来て日本一の焼そば旨し

腰をかけ木犀の香につつまれて草をとりをり九十六歳

その辺で拾つたやうな笑顔してセールスマンは庭をほめくるる

すこやかに楽しくあるは師や友や族《うから》のおかげありがたきかな

① 709-4334　勝田郡　② 龍

狭き空

植月《うえつき》　弘子《ひろこ》

水張田の蛙を聞きて寝につきしふる里恋しマンションの夜

ビル風に圧されながらにゆく散歩友なき街に穂絮なすなり

馴染めじと泣きしマンションにふた年か終の栖と心決むれど

蝉ひとつ埋むる土なきマンションに石となりゆくわが心かも

撒き餌して雀呼びたき思ひさへ「禁止」と大きくマンションのビラ

「母さんもつひに歳ね」と振り向く娘遅れつつ駅の階段のぼる

魔女の絵の如き靴など買ひたかり物ことごとに躓きながら

朝焼けの美しきに見惚れマンションの狭き空にも慣らされてきぬ

① 700-0984　岡山市北区　② 地中海

ワイキキの浜辺

江原《えばら》　陽子《ようこ》

ワイキキの浜辺に立ちて見放けつつ地球が丸いといふを実感す

溶岩の中に芝生の道が続きヒロの町なる日本人の墓

竹林寺山の展望台より見放くれば四国の山並も陸続きに見ゆ

上弦の月の明かりに来島海峡うづ潮数個がかすかに動く

孫達と遊びし後の検査値は不思議といつも正常となる

クラシックを聞かせて熟成の酒飲めばほろ酔ひのして篠山の味

有馬温泉の「太閤の湯」に身を沈めゆっくり過ぐす梅の花咲いて

「桃太郎の話をして」と四歳の孫がわが布団に入り来てねだる

① 714-0081　笠岡市　② 龍

峡に暮らして

江見《えみ》　眞智子《まちこ》

置き去りにされたる学舎がわが村の宿便のごとくのしかかりをり

お似合ひねと言はれまししか今日も又夫は着けゆく真赤きポロシャツ

午前五時月と朝日は相まみえ一天俄のうたげとなりぬ

うぐひすと時鳥の声相まみえわが杣家にも夏は来にけり

大胆にも水を使ひて洗濯す梅雨の晴れ間のわたしのしあはせ

知恵と言ふ木に実りたる林檎をばかぢりて利鎌の如くに剥けり

日の入りて後もしばしを田植機は教科書のごと早苗植ゑゆく

接木《つぎき》せしばらでありしか六年目遂に見せたり野ばらの正体

① 679-5502　佐用郡　② 三河短歌

余生を過ごさむ

遠藤《えんどう》　登茂子《ともこ》

日野原氏には及びもつかねど其の生き方を手本となして余生を過ごさむ

九十六の吾が誕生日とて花柄の御洒落なる部屋着を嫁に贈らる

わが生きをよく文へ来てくれしぞと皺皺の手を沁み沁みと見る

悔ゆること多き来しかた憶へとやゴーヤーサラダの此のにがき味

何となく気分優れず隠りをれば出でよ出でよと誘ふ陽光

柿本神社に参れば蘇る境内に遊びしあの幼日よ

寄せつけぬ厳しさ見せて残雪の裏大山は峨峨として聳ゆ

暮れゆける宍道湖を茜に染めにつつ尊きまでに燃ゆる落日

① 701-2604　美作市　② 英田短歌

農に生きる

小川《おがわ》　愛子《あいこ》

満開の桜に無情の雨が降る花の命は短きものを

ウエディングドレスの孫の手をひきて夫も歩めり会場の中を

亡き夫にひと日の出来ごと語りつつ香をたきをり一人の部屋に

日に三度下着を替へて草を取るなんの因果かと思ふ猛暑日

思はざる突風の吹きて胡瓜葱根こそぎ倒れて畠は広広

思ひ切り振り下ろしたる「三つ鍬」に甘薯は二つ切れて出でくる

若き日に病みにし肺の未だにも残れるかげに過去を思ひつ

どこまでも休耕田の荒れはてて貧乏草の花は咲きをり

① 美作市　② 英田短歌

吉備の野に住みて

小倉《おぐら》　香苗《かなえ》

白木蓮の数多の蕾がかすかに揺れる蕾を開く揺れかと思ふ

数日にて家は壊され更地となり住みゐし人の消息もなし

持坂峠の方に駆けゆく幻の馬の音を聞く吉備野に住みて

防人らもこの道を歩み帰りしか持坂峠は木洩れ日の道

釜鳴りの神事を頼みし人影は見えねど女の靴が一足

神主の声とお釜の鳴る音が耳を澄ませばかすかに聞こゆ

吉備津宮公孫樹の落葉の敷く庭に幼きわが子の幻を見る

福山の谷から霧はゆっくりと天に吸はるるごとく立ちゆく

① 719-1164　総社市　② 龍

父が父となるとき

小阪田《おさかだ》　幸枝《ゆきえ》

昨日までは自ら言い得し生年月日今日は言えざる父を撫でやる

妻も娘も忘れてしまう父の海馬取り出して薬に洗いやりたし

病院に臥す父のベッドの傍らに履物無きを今日は知りたる

働き者の父にありしを今はただ両手を腹の上に置くのみ

細りたる腕さし出し「また来い」と認知症の父が父となるとき

日に三度歯磨き欠かさぬ父なるを点滴のみに命をつなぐ

還らぬ身となりて病院を出る父の荷物はパジャマと髭剃り機のみ

固きものも噛み割るを自慢とせし臼歯荼毘の灰よりころころと出づ

① 709-4312　勝田郡　② 地中海

高梁川

小田《おだ》　みほこ

葦の原夕光の中になびきつつ水面には黒き鴨の一群れ

かすかなる汽笛は出船か亡き友を思へばとほし春の明け方

鵯が桜の花を啄みをりやがて甕の水を飲みに下りてくる

木の花の終日さやぐ風の中に友のこゑがする逝きし友のこゑ

わが背戸のおほき蘇鉄を見上げをり奄美の飢餓を救ひし蘇鉄

ものを食ふことのさびしさうを一尾食はれてうをの骨は残れり

工場の煙がしろく立ちのぼり亀島山を火山に見せる

風のまにまに揺るる風草を茂らせて高梁川の水の豊けさ

① 712-8015　倉敷市　② 龍　③ 鷗

定年後の生活

小野《おの》　ツルコ

五十余年看護ひと筋に生きて来し私へのごほうびワールドクルーズ

職業らん無職と記すは淋しかれど楽しみ見つけたり短歌作りの

千枚づけ赤かぶ酢づけかぶら寿司と連日かぶらの味を愉しむ

誘はれて合唱グループに参加しぬ発声練習は誤燕防止と

体重は期待せしほど減らざれどエアロバイクをこげば爽快

月明かりに歩数計をば確かめて足取り軽く遠回りする

生きがひを探し求めて悩みしも老いたる今はただただ生きる

私の内に複数の私が住みついて対立したり仲良くしたりす

① 701-2142　岡山市北区　② 龍

太鼓ひびかせ

大岩《おおいわ》　昭子《あきこ》

移りゆく山の緑の深みには何かあるらし鳥の入りゆく

いつまでを池にとどまる水なのかかすかな波が夕陽にひかる

夏空に太鼓ひびかせ子供らの虫送りの列村なかをゆく

大き字でチラシの裏の白紙に夫への伝言書きて出かける

汗ふきてたたみなおしたハンカチを握りしめ聞く検査結果を

携帯に消せないでいる亡き姉の名前と番号更けてゆく秋

いろのなき雨にぬれいるもみじ葉の赤の著きに亡き人偲ぶ

かぎろひの春はそこまで近づきて土手の傾りにすすき角ぐむ

① 709-0844　岡山市東区　② 真葛短歌

生かされて

大内《おおうち》　佐智《さち》

久々に雨降りて来るうれしさを葉先にのせてなすの花咲く

蟬の声が夏色に染め憶へるは「玉音放送」ほこり舞ふ道

朝夕に少し涼しさ受け入れて一息するも腰は痛かり

とがり来る気持の整理に秋の風まあまあまあと老人車押す

地図のごと区切りて植うる野菜らに狭き畑が「脳活」となる

「数独」を解きつつ思ふ2か3か迷ふに似るか生きゐる事は

八十路来て模索続きし青春も今は終ひよ如何に生きむか

現世に生きゐる我に何を問ふ御仏の眼指しらんらんと輝く

① 709-4201　美作市　② 能登香短歌

逝きたる夫の

大熊《おおぐま》　一恵《かずえ》

溢るるを口で迎へし正月の夫のさかづき陰膳に据う

墨の香をほのかに纏ひ鶯の初音告げくれし夫かへるなく

草を引くわが背に夫の立つるかと振り向げば野に燃ゆる豆幹

ほろほろと熾火になりゆく迎へ火を継ぎ継ぎて待つ夫の孟蘭盆

吊るされし筆三十本が乾きゆく書の部屋に聞く老鶯のこゑ

障子越しに冬がまた来る夫ありし日のままに置く座布団ふたつ

亡き夫が筆揮ひたる掛軸の朱の豊けき落款に障る

追憶のひたぶるにして真夜深く逝きたる夫のガリ版の音

① 712-8011　倉敷市　② 緑風

午後のお茶

大谷《おおたに》　恵美子《えみこ》

原つぱに止めし車の荷台にて男がひとりギター弾きをり

旅に出たい思ひとためらふ思ひとに心揺れつつ秋深みゆく

伊勢神楽竣工したる病院の玄関に来て舞ひてくれたり

見え難き未来に向って行くごとし朝霧閉ざす坂上りゆく

シンビジュームの鉢植ゑを買ひみどりごを抱く思ひにかかへて戻る

つれづれに独り楽しむ午後のお茶今日は「レディ・グレイ」と決めて

新年を他所で過ごすかわが住めるマンションの窓点るはわづか

寒き夜半母の形見の茶羽織を羽織れば肩に母のぬくもり

① 708-0052　津山市　② 龍　③ 塩の柱

伯備線

大谷《おおたに》　真紀子《まきこ》

合歓のはな鹿の子まだらのくれないに伯備線はや県境越ゆ

新見すぎ流れいつしか逆行し分水嶺とぞアナウンスあり

日野川の清き流れを目に追えば思いのほかに痛む古傷

カンナ咲くわが覚えある無人駅おのずからにて深き礼する

学問に倦みて開きし歌集には錐を畳みに刺したる茂吉

十七歳《じゅうなな》の桜庭一樹を探しおりしばし停車の米子の駅に

鳥影のひとつだになき海ぎわを蛇行してゆく特急八雲

竹島や原発まして神話さえ抱き島根の夕暮れ迅し

① 702-8027　岡山市南区　② 未來　③ 海人族・花と爆弾

明日を恐るる

大塚《おおつか》　喜嗣《よしつぐ》

道の辺の小さき石碑の塵拭ひ軍馬二頭の名を認めたり

十藤号・高村号と刻まれて軍馬は石にその名を残す

「生き残り」にあらずと言ひて声低く「死に損ひ」と元帰還兵

戦没者は犠牲者にして英霊にあらずと言ひし大西巨人

蒟蒻《こんにやく》の迷彩模様の茎太し七十回目の原爆忌けふ

飛行機に指鉄砲を放ちたりシリア難民の孤児に代はりて

知らぬ間に真弓の枝の撓みゐて「北」との戦《いくさ》近づくらしも

終戦後七十年を経し今を「戦前」と呼ぶ明日を恐るる

① 715-0023　井原市　② 龍

いつか来た道

大西《おおにし》　祥子《さちこ》

黒潮の流るるかなた弧を描き水平線は雲を切りとる

あかね雲たなびき渡る西空に一ひらかがよふ白妙の雲

ひよどりの贈り物らし万両の若木生ひたり南天の下

かの人は蛍となりて来たるらし暫くわれの視界ただよふ

枕辺に壺いつぱいの青すすき夫の無言のおくりものなり

母の煽ぐうちはの風にまどろみて熱中症など我ら知らずに

つかの間の夢みるごとく過ぎしかな桜さくなり八十路の春も

春雷が桜の並木をふるはせる子らが行く道我が来た道

① 703-8293　岡山市中区

流されて

大西《おおにし》　富美子《とみこ》

寝ころびて流れる雲を見てをれば家もろともに流されてゆく

痛み止め飲んで臥せゐる昼の夢青葉の山をわがかけ下る

沈丁花かすかににほふ路地裏に老いたる猫がわれを目に追ふ

身の衰へによろめくこの身をいかにせむ人に遅れて石段のぼる

ときめきてゆける思ひは何ならむ今年はじめての海を見にゆく

藤か桐か遠目にかすむ紫を見つつひとつの峠を越える

泣きごとは言ふな言ふなと紺青の海が私をさとしてくるる

陽をかへす五月の海のまぶしさの中なる船が点となりたり

① 719-1106　総社市　② 龍

かたつむりの夢

大西《おおにし》　陽子《ようこ》

どこまでもたえることなき夜桜よ　今宵はだれもがやさしくなれる

弧を描く宇宙より来たるかいつまでもやむこともなき白き花びら

まんまるく背中に乗れる幼子はかたつむりの夢をみてゐるのかな

湯あがりの湯気に包まれ幸せの二人の子らがとびこんでくる

ふり返りふり返りつつ歩みゆく年を重ねし班長の君

音楽があるんだね今日は縦笛がいつしよに歩いてゆく寒い朝

流れ寄る椰子の実ひとつ口ずさむ母に習ひし夏の日の歌

ぽつうんぽつん心の乾き潤してあぢさゐの花雨と歌へり

① 703-8235　岡山市中区

四国遍路

大橋《おおはし》　秀美《ひでみ》

逆打ちの四国遍路に行かむとす御利益多しといふに惹かれて

八栗寺の門に向かへば荒荒と五剣山の峰我に迫り来

検死まで崇徳上皇の亡骸を浸しゐし八十場《やそば》の泉ぞこれは

横峰寺までもう一息と目をやれば山肌一面石南花の咲く

参拝の我らの読経に唱和してうぐひすが鳴くほととぎすが鳴く

御蔵洞《みくろど》の前に広がる土佐の海昏く波立ち空まで続く

空高く舞ふ鳥あれば鳶かと見上げつつ行く阿波遍路道

逆打ちの遍路の結願なるけふの空晴れ渡り海輝けり

① 710-0837　倉敷市　② 龍　③ 風祭

親子水車

大橋《おおはし》　三恵子《みえこ》

昨日の雨に水かさ増しし仁淀川遊覧船は出ぬと言ふなり

夢すき公園の親子水車の廻る村時はゆるゆる過ぐるがごとし

ゆつくりと水を掬ひて廻りゐる水車のめぐりをおはぐろとんぼが飛ぶ

神棚に灯明を上げし祖母を思ふあの行灯の明かりなつかし

過ぎし日のふるさとに咲きし野薊を今哲西の地に懐かしと見る

一枚岩を流れ落ちゐる渓流は夏の子供の遊び場と言ふ

娘と二人今年も訪へり瑞光寺しだれ桜は笑みゐるごとし

雪荒ぶ京都の街をひた走る女子駅伝のランナーは強し

① 710-1101　倉敷市　② 龍

近水の園

大守《おおもり》　髙子《たかこ》

中天に三日月残り元日の曙光は徐徐に広ごりてゆく

桜咲く近水の園に憩ひゐて利玄の秀歌小さく誦んず

一陣の風に舞ひたつ花びらの光り輝やく中にたちをり

峠より降りる車の次つぎと新緑の谷に吸はれゆきたり

広縁に紅茶飲みつつ二人居の穏しきときをいとほしみをり

脳細胞の幾億減りしや今日もまたもの探しつつ佗びしみをりぬ

知覧より特攻に出でし若者の母への遺言に涙止まらず

甚大なる犠牲の上の平和なり忘れてはならじ憲法九条を

① 701-1211　岡山市北区　② 一宮短歌　③ 百日紅

縄文人の裔

大森《おおもり》　智子《ともこ》

凍てし夜を戻りてくれば家の上に月が四角になりてかかりをり

大雪のニュースのさなか新しき枕が届き明日は立春

草焼く人土起こす人水守の人ら春田にいきいき動く

明るさを失ひてゆく夕空をけふも見ながら二人の夕餉

自転車の籠には深紅のゼラニウム空は快晴はりきつて漕ぐ

灼け土をほんのひととき湿らせて台風の端の雨は過ぎたり

三日間黙つて待つてゐたのだといふ声をして猫が鳴き寄る

榧の実をほろほろ煎りて食うてをり縄文人の裔なるわれは

① 710-0041　倉敷市　② 龍　③ あべまきの林から

旗ふる友

太田《おおた》　芳子《よしこ》

定年後工事現場で旗を振る友の姿ははつらつとして

仕立屋の義父の刻ある紳士服今年も虫干し我が家の宝

星明かり公衆電話だれを待つ硬貨落つる音いまだ忘れず

細い糸枝から枝へピンと張りつなわたりの如子ぐもの遊ぶ

庭先に笑の文字似の白いバラ風にふかれて笑顔に変幻

アルソックとお茶を枕辺に眠る夜遠くで聞こえるサイレンの音

百才の現役女医は自然体少し似ておりよしこれで生きよう

思い出を酒の肴に長談義深山の生家の灯りが嬉し

① 710-1301　倉敷市　② まきび短歌

友の急逝

岡《おか》　智江《ともえ》

インターホンと電話同時に鳴り出だし飛び込むは若き友の急逝

忙しげにジャンボピーマン届け呉れ幾時もなき友の事故死ぞ

引きとめて語らいおらば遭わざりし難かと悔やむ返す返すも

明日あるを今夜のあるを疑わぬ吾ら集えりあなたの通夜に

胸元に花置き別れを告げ来しにふと手の止まる気配幾たび

往来の少なき道に魔は潜み×印ある事故の現場

一時間、もう二十分あと十分語らい尽きぬ友にありしよ

あなたの描きし絵箱にあなたのベゴニアを挿して五人あなたを囲む

① 701-1211　岡山市北区　② 水甕

遠くを見てゐる

岡《おか》　由記子《ゆきこ》

生け造りになりたるやずの丸き目が海の色して遠くを見てゐる

弥生時代の推定二十歳の女性といふ小さき頭蓋の骨を見にけり

大風に児島半島の山々がくつきりと見えるこはかつて海

街路灯の柔き曲線連なりてその先にかすむ植松の山

口を開けてゐる間に現れ消えてゆく歯科医の顔が未だわからぬ

築山に赤き椿がほろほろと落ちゐて鶫の声してゐる

遠くより夜汽車の音が響きくる何だか肩が冷えて眠れぬ

満開の上野の桜に呆としてさくらよ人よと迷ひ歩けり

① 710-1102　倉敷市　② 龍

雨の森

岡田《おかだ》　ゆり

待つことの多き暮らしの続きにて秋の灯ともす二人のために

部屋隅を照らす明かりのシールドに本持ちて入るここからひとり

累累たる流木白き浜に出る霧立ちこめる森をぬけ来て

歳月に白く乾きし流木を拾へば軽し地に還るもの

白骨に似る流木と気づくときふともたぢろぐ踏み入りしこと

砂時計のやうな砂なりさらさらとわが踏む跡をゆつくり崩す

湾を入れ地衣類育む雨の森　グーグルマップに探せずにゐる

ブランコを飛び出しリュウグウまでの旅スイングバイとふ夢想ここまで（小惑星）

① 701-1211　岡山市北区　② 一宮短歌

ほんわか温し

岡田《おかだ》　より子《こ》

病みをれば我を気遣ひ又覗く夫よ老後はやはり二人か

回覧を渡した積りが横滑り話に無中で又持ち帰る

有りのまま浮かびしままを歌に呼ぶ誰が生みしや五七五七七

七十路の日びの草取り身に堪へ手足も痛みて無口になりぬ

梅雨空の合間の晴れを見つけては洗濯物を七竿干したり

今なれば心から言へる「ありがとう」逝きたる母へのお礼の言葉

足早の夫は時折振り返り「転ぶなよ」と言ふそれが嬉しい

うんうんと相槌を打つ夫が居てこたつのごくほんわか温し

① 679-5201　佐用郡　② 三河短歌

両手に掬ふ

岡野《おかの》　佐登子《さとこ》

「健忘症」と「認知証」との違ひのことを考へながら夕餉を終はる

「ストマイ」とか「DDT」とか「原爆」とか持つ大国と戦つてゐたのだ

散歩する時間が来ればわがまへに首を差し出す柴犬「アスカ」

立ちどまり我の歩みに合はせゐる伴侶のやうな犬よと思ふ

妹の部屋のみ点る病室をふり返り消灯後の病院を去る

四歳のとき死に別れたる母親に妹は黄泉で会へただらうか

生かされてゐると思へば私のひとり暮らしもおろそかならず

カーテンの隙間よりもるる月光を思はず両手に掬ひてみたり

① 700-0943　岡山市南区　② 龍

黄の花ばかり

岡本《おかもと》　愛子《あいこ》

先がけて庭に咲く花は福寿草・万作・山茱萸黄の花ばかり

「春よ来い」と菜の花いっぱいに描きたる絵手紙が届く大寒の今日

無菌室にてその夫を看取る妹に届けてやらむと山菜ずしを作る

形見とてこの春貰ひし椎茸の原木に数本茸が見えゐる

血を分けし子のあらざるも「父の日」に貰ひしペン皿を夫が撫でゐる

蝋燭の消ゆるがごとく逝きにけり百七歳まで生きたる父の

年々に父に似て来し弟の兄とも見えてわれの老いゆく

畳なはる陵線の凹みに海が見え波の光が美星台地に届く

① 井原市　② 龍

春待つ

岡本《おかもと》　三枝子《みえこ》

「ハッピーバースデー」電話を伝う孫の声ひびけど独りの今日誕生日

サンタ待つ幼のロマン守るべし押し入れ深くプレゼント隠す

「ばば抜き」のジョーカーひきし吾を覗き五歳の孫がくすりと笑う

産土の神に詣でて手を打てば神様はどこにと幼聞くなり

虫喰いや小粒ばかりの黒豆を「ばあちゃん作」と孫に送りぬ

夫の墓に花を供えし人有れば「誰が来たの」と問いて水足す

この子らにも正しい選挙が出来るかとゲームに興ずる学生を見る

息を潜めて春待つは私だけではない雪蹴ればそこにたんぽぽの花

① 709-4303　勝田郡　② 地中海

夫

奥田《おくだ》　洋子《ようこ》

子や孫の成長語り夫と二人で雑煮を食べるおだやかな元朝

新年に夫と二人で語るのは男孫の誕生我が家のニュース

雪掻きをしながら夫と語らふは「こぼつ」で遊びし遠き日のこと

中国より帰り来たれる男孫五歳身振り手振りで「じいじとばあば」

菜の花を摘みとり今夜は「からし和え」熱燗も添へ夫との夕食

蓬つみ天ぷらにあげて食卓の夕餉になせば会話もはづむ

「おめでとう」と色紙に書かれし孫らの絵何にもまさる古希の祝ひよ

福岡の孫の成長想ひつつ柏餅作り夫と祝ひつつ

① 701-2512　赤磐市　② 赤北短歌

夫よ

加藤《かとう》　幸子《さちこ》

私を見ても解らぬ夫を笑う娘につきて笑いぬ心は哀し

送迎車を降りくる夫は手を取られ我を見るなり戻ったぞと言う

昼餉の箸を取りつつ思う支援所の夫は御飯などこぼしていぬか

警報下の雪中を行くもどかしさ祈りを込めて手を握りしむ

病院に着くなり我を迎うる娘間に合わなかったと涙にうるむ

冷えきりし我が手に温もり伝わる心地すでに動かぬ冷たき夫の

枕辺に寄りたる曽孫の三歳児じいちゃん死んだ僕は元気

招かれて毎年行きし梅苑に夫逝きし今は其の沙汰も無し

① 709-4236　美作市　② どうだん

青空に

加藤《かとう》　陽子《ようこ》

青空に花びらの舞う時ときに美しさあり晩節を知りて

一歳児のけぞり着地の滑り台しどろもどろの初体験かな

二つ三つ明かりが点る朝明けの里は薄雪百万ドルなり

軋む床に慣れて暮らし来そのままに昭和の一ページ語り続ける

口ぐちに感謝を語るメダリスト辛抱に学んだヒューマンの見ゆ

喘ぐ民元首プーチンは二千億の財を密かにタックスヘイブンへ

一年を通して四時に目を覚まし夫楽しみて農に没頭す

人々の暮し護りし円通寺の荘厳なる気に古思う

① 710-1313　倉敷市　② まきび短歌

刺ある言葉

香山《かやま》　保子《やすこ》

投げられし刺ある言葉もふんはりと受け止められるミットが欲しい

声帯の残りてをればこその声術後初めての夫の歌声

夜を通し施設の人らを看て帰る娘を思ひてシチューを煮込む

元旦の朝まだき空見上げれば瞬く星より雪の舞ひくる

道衣を着て柩に眠る妹に木刀持たさば目覚めさうなり

山仕事の汗にまみれて帰りこし亡父の手元に山百合ゆれき

四十二年間夫は昼夜なく働きて叙勲賜るかたへにわれも

今日ひと日の己を褒める〈ほめ日記〉書きて明日への力養ふ

① 709-2121　岡山市北区　② 朔日

私の生活の歌

蔭木《かげき》　ノブ《のぶ》

亡き夫が残ししピンクのばらの花古きを摘めば次々と咲く

北風の吹きて来ぬまにと黒豆を取り入れたれば五時のチャイム鳴る

眼科にて今日は女医にし診てもらひ人工涙液とふ処方をされぬ

子に送る野菜は大根はうれん草「スーパー」で買へば百円なるも

母の日に生花の飾りを送り呉れ器に指を入れ水分確かむ

何物か熟るるを知るや西瓜ちぎりころがしてゐるぞ我より先に

久びさに姪の来たりて嬉しかり幼の面影残して今は母

最近は締むる力の弱りしか水道の蛇口ぽとりぽとりと

① 679-5214　佐用郡　② 三河短歌

幸せみつめて

影山《かげやま》　久枝《ひさえ》

秋祭りに雨の降りきて旗持ちの孫は持てざり止むをひた待つ

年の瀬を畑にて野菜採りをりぬ今日こそは姉にそを届けむと

年々に少なくなりゆく児童らを見守りてをり物騒なる世にと

空気よし静けき所も人情もよし住みついてはや三十五年ぞ

六十七年生き来てここからこの我の未知の世界と思ふ誕生日

父母の墓ある小浜は遠かれど彼岸に詣でてわが裡やはらぐ

たのしみは齢と共に変はり来て今は畑と日帰り旅行

母の日に届きし手紙薔薇の花少し弱れる体を励ます

① 708-1205　津山市　② 鶴山短歌

ほのかな光

笠井《かさい》　慶子《けいこ》

夫逝きしわれに大丈夫かと声をかけ下されし高木聖鶴先生

かすかなる光一すぢ君います黄泉のくによりさしくるごとし

医師となり白衣を着たる孫の手をとりて夫は病む身を泣きにき

高校の制服が似合ふと手を取りて喜びし母二日後に逝く

優しかりし人思はれて夕空の濃きむらさきの雲を仰ぎをり

みとりつつ病室にて書きし歌六首が県展特別賞をありがたく頂く

寝ねがたき夜を灯して歌を書くわれの立ち居に墨の香うごく

老いづきてありがたきものは歌を思ひ書を思ふ心といはむ

① 703-8252　岡山市中区　② 龍

横野川

片岡《かたおか》　カヨ子《かよこ》

襁褓洗ひ病衣を濯ぎ鍬すすぎわが老いし川横野川と呼ぶ

蛍映り河鹿の声澄む横野川に須臾と流れきわが五十年

五十年耐へし心の鬼火なる曼珠沙華は今年も野に咲く

猪の触れし鳴子の気配すれば走り出でゆく田への坂道

昨日掘りてをればと地団駄踏みながら猪の荒せし藷畑に立つ

夫の墓の古い樹に成る栗の実は拾はず猪にあげて置かう

刈れど刈れど尽きぬ峡田草刈りが古希を過ぎたる肩に疼きぬ

雪を運ぶ風かも横野の里よぎり和紙の手漉の煙り傾く

① 708-0801　津山市　② 地中海

旅の思ひ出

片山《かたやま》　恵子《けいこ》

「孝行をして来よ」との夫の言葉受けてハワイへ父母と旅立つ

旅好きの父の遺影を携へて夫・母・妹とヨーロッパの旅

地平線に続くドイツの麦畑わが耕せる峡の田思ふ

わが足の杖となりくる夫の手を頼りに登るアンコールの遺跡

海峡とみまがふごとき長江は悠々と流る黄土の色濃く

南京の大虐殺のありし跡の記念館に入る固唾をのみて

線路沿ひの木立は簣垂れを掛くるごと景色を見つつ蘇州へ向ふ

モンゴルにスイスにカナダに北欧に羊の群れ見き夏を旅して

① 709-4631　津山市　② 鶴山短歌

この峡に六十星霜

片山《かたやま》　幸子《こうこ》

この峡に思慕するごとく生き耐へし六十余年も過ぎてたまゆら

初咲きの菜の花ひとつ春浅きこの峡に見き嫁ぎ来し朝

遊ぶ子の眠れば籠に日傘して舅姑《ちちはは》と刈る広きれんげ田

ハーモニカ吹きつつ子らの帰る峡熟れ麦の香をはこぶ風あり

乳飲めば子は姑の背に帰りゆき片陰りたる峡に鎌磨ぐ

梅雨のあめ庭にけぶらふ午前四時代掻くと夫のトラクター出づ

医に通ひ葬を送りて来し方の闇も光もこの峡の道

山深きダム湖の土手の七草を踏み来て穂揃ひの田に水を引く

① 709-3605　久米郡　② 地中海・久米南短歌　③ 朝月夕月

母

金澤《かなざわ》　二三子《ふみこ》

母の死を他人には天寿と言いながらいまだ悔しき我の心は

土産とう口実つけて母に購う名入りの箸なり余命二月

選ることも出来ず逝きにし母の小豆実り念じて峡畑に落とす

穂ばらみ期夫と猪柵張り終えて安堵する背に秋風が吹く

同じ時刻む夫との農の日日拘り消えしは古希過ぎてより

奥津城の守りはいつしか我が役目父母逝き子等も離れて居れば

生ける魚丸呑み下して白鷺の生きものの狩り瞬時に終る

四月には詰め襟姿となる汝の日日に際立つ眉の眩しさ

① 719-1312　総社市

日めくり

金谷《かなたに》　初恵《はつえ》

「何度目の桜でしょうか満開です」今日の日記は亡き夫への手紙

風通る軒に夫の在る如くひつそり掛る麦わら帽子

日めくりは四月二日のままなりて夫を逝かせて秋のめぐり来

「スーパームーンそこより彼の世が見えますか」ああの人にも一度逢ひたい

何時の日に何を記ししや亡き夫の背広の胸の二本のボールペン

何をかに作りて残さむ思ひ出を辿りつつ解く夫のネクタイ

息止めて一気に朝の紅をひく八十五歳今日在る証と

足を曳きつつ歩めば枯野の蒲公英は踏んでもいいよいいよと生ふる

① 701-2223　赤磐市　② 赤坂短歌

二月の陽射し

金森《かなもり》　悦子《えつこ》

しらしらとほどけゆくなる天空の飛行機雲の他なにもなし

咲き盛る菜の花畑に声を上ぐ雪の山処を出で来し吉備路

たんわりと金柑の実が溶けさうに熟しぬ二月の大雪のあと

訪問の布団乾燥のお蔭にて冬ぬくぬくの寝床に入りぬ

猫の仔の手を借りたしと思ひつつ古き障子を剥がしてをりぬ

さぐり弾きしつつ鳴らせるわがピアノに母が「音楽はいいなう」と言ふ

今日は結婚記念日ですねと仏壇の父に言ひ赤き苺を供ふ

大犬のふぐりがちらちら咲き出でて二月の陽射しに輝きてをり

① 714-2102　井原市　② 龍　③ 山の鳴る音

比叡山延暦寺

萱尾《かやお》　正恵《まさえ》

延暦寺阿弥陀堂に打ち揃ひ七人の僧侶の読経を浴びる

外国の観光客の多い御所洋式トイレ見当たらなくに

上野駅改札口での待合せ友の姿に笑みの溢れる

伝説の吉備津神社に詣でをり隣地に住まひし友を忍べり

前後に子を乗せ自転車漕ぐ母に昔のわれの姿重ねたり

ボランテァの園を出づれば空低く数羽の鳶の施回頻り

手慣れたる点滴猫に施しぬ枯葉一枚ひらりと舞へり

セ・パ交流戦始まりぬ夫と私の真つ向対決

① 704-8175　岡山市東区　② 窓日

遠き潮騒

刈屋《かりや》　長子《ながこ》

葉牡丹のやはらかき渦にとどく陽の芯まで及ぶや今日は立春

円山の枝垂れ夜ざくら月影に揺らぐをみれば友の恋ほしき

リーダーの口笛のあと鶯がたどたどと鳴く里山ウオーク

夢二の絵のやうに猫を抱いてみる華奢な女でないと知りつつ

詠草の締切り迫る昼下り猫はふかぶかと眠りつづけて

砂山のトンネルのなかに手と手ふれつと引きし日の遠き潮騒

投げられし釣糸ヒューンと音たてて秋日柔らに差す海の面

たしかなる季の移ろひに木犀のシーンと匂ふ友逝きし家

① 701-4302　牛窓町　② 水甕・唐琴短歌

猫だき眠る夜

川島《かわしま》　英子《ひでこ》

母あれば決して飼へざる猫ならむ拭けども拭けどもまた足の跡

キッチンのドリンカー睨むこの眼、寅猫「風子」はもしや母かも

焼酎の残れるコップを舐めてゐる雄猫「魑《ち》魅《み》」は父やもしれぬ

父母に似ぬ子と言はれしを父母逝けば母似と言はれ父似と言はれる

音もたてず丸き目ん玉細き目の覗く向かうは闇なる黄泉か

望月の庭に出づれば海底のしじまをコツコツ過去が歩み来

百年の古屋に生きて死にしものら炙り絵のごと月光にたつ

寂しさや左右に猫だき眠る夜の夢に父たち母が微笑む

① 709-3703　久米郡　② 麓　③ 櫻吹雪・蛍のブローチ

コーヒーうまし

河合《かわい》　充恵《みつえ》

放課後に友はピアノでわれは歌あおくさき青春共に過ごしぬ

喧騒の聞こえぬ校庭ながめてのコーヒーうまし今日は日直

ゆうまぐれ駅に向うと「どちらまで」声掛けられて「ちょっと飲み会」

大雨の警報告げるテロップに重い腰あげ出勤じたくす

残業に疲れたる夜を弾くピアノその音のいたく心にしみる

行く先の決まらぬ子らも今日だけは晴れやかな顔の学位記授与式

異国での卒業式に袴着てご機嫌な彼を写真にパチリ

大空に胸はりて咲く花水木《はなみずき》「しばしがんばれ」と言うがに咲ける

① 716-0014　高梁市　② 麓

赤い橋

河田《かわた》　朝子《あさこ》

麦熟るるころに鳴くから麦うらし祖母に教はりし麦うらし鳴く

明るくて少しかなしい春蟬の声きくときぞ目つむりて聞く

春うららそんな名前の馬もゐたたうとつに思ふ今日の日和に

かがまれるわれより低き満天星の花ちりゐたり夜目にも白く

北むきの厨より見ゆる遠き家の窓の明かりの点る日点らぬ日

風呂の窓小さくあけて遠く田の蛙の声を目つむりて聞く

二十年通ひなれたる十字橋ときに鴉も歩いて渡る

赤い橋わたれば父母のすむくにへそんな気のする春の夕ぐれ

① 709-2343　加賀郡

眠るも起《た》つも

河原《かわはら》　かつ子《こ》

「高額医療費」の書類がまたも来る今よ六十歳までは無病の我に

雪降るも陽が射し融くるも自然なり自然になりたし眠るも起つも

高き段を上がらむとすれば後よりすつと上げくれぬ我が影だけを

無い無いと二人で捜してよく見れば充電器にさして忘れし「携帯」

家族七人暮しし日日には狭き家と思ひしも今は終の住処なり

かをりきて目覚めさするは夢なりやはた木犀の花の精かや

作東を通れば懐かし末つ子と食事をせしこと話をせしこと

彼の世やらとこの世を裂くか雷の轟きたりけり桂さんの通夜に

① 707-0041　美作市　② 龍

吉備の野

茅野《かやの》　和子《かずこ》

楯築の遺跡に立ちて見さくれば吉備の広野に桃の花咲く

夭夭と桃の花咲く丘に立てば膨らみ初めし吉備の山見ゆ

山肌を一面に彩る白き花吉備路のたむしばは見頃となりて

春めきし空に大きく背伸びして「花植ゑ」ボランテイアにわれは出で行く

うからと野点する桜の樹下は散るひとひらもなし今日の日和に

川土手の合歓に今年も花が咲き花を揺らせて自転車がゆく

霧の深くかかりてゐたる朝なれば校舎は見えず声のみ動く

末枯れたる柿の小枝に実が一つ「木守り」のごとく夕日に光る

① 710-0133　倉敷市　② 龍

今は亡き夫

神﨑《かんざき》　愛子《あいこ》

会話のない夫婦の部屋を覗きくる守宮の番今夜も来てる

バリカンで夫の髪摘む窓際に今朝も聞こえるうぐいすの声

髭剃りがこんなに上手になったのに夫の入所を娘は急かしくる

粗相する夫の介護もこれからと送り火焚きつつ覚悟をきめる

複雑な心のままでメモ見つつ夫の施設の入所の用意す

デイケアの泊り断り帰り来て「かえりました」と夫の大声

もう少し楽しんでから行きますと夫の盆舟流しつつ言う

ボランティアで夫いし施設訪ぬればいつもの席に座りいる影

① 708-0856　津山市　② 地中海

心は豊かに

神﨑《かんざき》　富子《とみこ》

初日の出輝きみちた酉の年末来永久みな手たずさえて

如月や色なき道に点々と野花灯りて春の足音

あぜ道や春の温もりじんわりと青き可憐なぬふぐり咲く

雨あがり早春を告げ蕗のとう日々さ緑の明るさ増して

花筏お茶のみどりに色映えてそっと呑みこむ春の風景

鯉のぼり出世願いてたくましくいらかの上をひねもす泳ぐ

振り返る家々の灯がともりいて明日へと歩む足どり軽く

盆参り墓地の周りの里烏松の小枝に声ひそめまつ

① 710-1306　倉敷市　② まきび短歌

無事に帰れよ

神崎《かんざき》　蘭子《らんこ》

自転車にて通学する児に注意すればアクセル違ふな逆走すなと

本物の蛙とび去り二歳児は「お家へ帰つたの」と聞きにくるなり

シルバーの証明忘れ割引きを受けられぬ私「顔みてくれ」と

人生の一番楽しき時期なりや電車に弾くる女生徒らの声

猛暑日の坂の登りはたらたりたりたるたれたれと汗の止まざり

子ら帰る車の灯りを拝みをり無事に帰れよ幸くあれよと

独り居の母の気掛りは家と墓跡継ぎの我嫁したる故に

奥つ城の広き下地はどくだみの覆ひて花の著き臭ひす

① 美作市　② 英田短歌

シルバーカー

苅田《かんだ》　順子《じゅんこ》

山々の広葉樹の葉は散りつくし梢に透ける冬の青空

シルバーカーに縋りて朝を歩みゐる我を見てゐる白き三日月

ふるさとの青空市場に採りたての苺買ふ子は三人の子の親

青春の胸の疼きの如くにもシンビジウムの花芽痛々し

CDの眠りの為のピアノ曲何曲目まで聴きしか昨夜は

『面倒だからしよう』の教へに背を押され為しをり家事も畑仕事も

ストーブに煙が立てば機嫌よく薪をくべゐし夫を想ふも

ベートーベンの「悲愴ソナタ」を聴きながら夫有りし日の幸せ想ふ

① 701-2221　赤磐市　② 龍

伊勢神宮の木立

菅野《かんの》　由利江《ゆりえ》

伊勢神宮夜来の雨に清められ玉砂利の音木立に響く

朝霧に浮く山にのそのかみの島にて有し頃をし思ふ

渡り鳥来島海峡の風受けて群をみだしつつ西に向ひぬ

夕空に棚引く雲は龍の如月の玉をば捧げてをりぬ

小雨降り柳の垂るる倉敷の町緑御殿の屋根も艶めく

みどり児が手を開くやうに純白のカラーの花が五月に咲きぬ

津山より姫新線に乗り換へて懐かしい汽笛を二回も聞きぬ

木犀の木洩れ日の中日食の数多の影が耀ふてゐる

① 710-1102　倉敷市　② 龍

日々是好日

木口《きぐち》　春喜《はるき》

一むらの蕾香抱き来る青き風雨水の好日山峡の道

早春譜口ずさむ君のたつ夕べまた濡れ匂ふ白き沈丁花

菜の花に月光こぼるる山峡は梅の香満ちて風も眠らむ

朝顔の露なる驟雨の一滴半夏の明るき白南風に落つ

料峭の山野を黄金で満たす今花満作は春を統べたり

月満ちて潮も満ちたる白砂の浜に満ちたり満の潮風

月かかる烏城を映す旭川葉月の匂ひのたり運びぬ

線香も現し身もまた香を立たせ煙となりて灰で終ふや

① 700-0913　岡山市北区　② 窓日

黄の花

木曽《きそ》　雅子《まさこ》

梅雨空の軒端に揺れる橙の枇杷の実ひとつ捥いで食べたし

夕空をわが物顔に踏みつける風神雷神に見まがふ雲が

糸瓜の蔓ぐんぐん伸びて黄の花の垣根越しなる朝の挨拶

得意気に農家の庭より帰る夫枝豆一束を肩にかつぎて

あらかしの巨木は無数の実を抱へ秋の深まりゆくを待ちゐる

鬼に会ひ大泣きするもあめを出され顔そむけつつ腕伸ばす児は

ばあちゃんの酸い梅が人気と孫のいふにへたを取りつつ顔ほころびぬ

岩場にて魚釣れたと孫の声その掌の中にぎざみが跳ねる

① 710-0047　倉敷市　② はあもにい倉敷

夫を知り得ず

木下《きのした》　孝子《たかこ》

突きつめて思想を問はぬやすらぎを選びて今も夫を知り得ず

ある時代過ぎたりと思ふ古くからの電器屋さんが戸を閉めにけり

木洩日のゆらぎ仄かなる深き森赤頭巾ちゃんにもこのごろ会はぬ

頂きし粽の笹をほぐしつつ五月のにほひに涙ぐみゐる

自転車の少し傾く曲り角円心は猫の寝てゐるあたり

真つ白な仔犬を抱き散歩する老女は孤独を飼ひ馴らすやうに

母といふ資格がなくて敗者たること歴然たり何に敗れし

流れゆく水にやがては溶けるかと中洲の二羽の鷺を見てゐる

① 701-1151　岡山市北区　② 龍

刻字をなぞる

木村《きむら》　泰二《たいじ》

城下町に探す道標いにしえの人の心を読み解く思いに

車を止め道のかたえの道標の古りてくずれし刻字をなぞる

旧道の分岐点に建つ石の道標はいにしえ人の旅の道案内

坪井宿東端に建つ碑は道標出雲へ向かう一里塚なり

古の史跡をたどる間山頂上に建つ寺に詣でる

この丘にいかなる人ら住みにしか遠き世を思う住居跡に来て

尾根を這うごとき昔日の旅の道ひとり辿れりさびさびとして

城跡の柴舟の歌碑のめぐり深としずもり彼岸花燃ゆ

① 709-4311　勝田郡　② 星雲　③ 古を訪ねて・一筋の道

一滴の水

北原《きたはら》　啓子《けいこ》

しばらくを休みし畑を掘り起こす春の気たっぷり吸ひ込めよかしと

母ちゃんが筍好きとて裏山の木の芽所望する初老の男性

花好きの媼の遺せし大でまり白花の毬ぼって り重し

米作りを止むる決断せし人の田にあをあをと牧草は伸ぶ

悔ゆる思ひは裡より消えず一滴の水欲しがりて夫逝きたるに

夫愛用の筆も硯も古りぬれど捨てられずをり置かれたるままに

柿若葉しげりに繁りて眩しかり梅雨入りしたるに真夏日つづきて

石垣に葉桜の影くろぐろと映して鎮もる昼間の城址

① 708-0805　津山市　② 鶴山短歌

つられて笑ふ

北村《きたむら》　和子《かずこ》

泣くもよし笑ふも嬉し噯して欠伸もいとほし赤子と言ふは

「陽一」と名付けられたる曾孫のお宮参りは晴天なりし

両手足の動きもはげしく渾身にて泣く曾孫の声の逞し

縁側に曾孫「陽一」眠りゐて我は歌詠む小春日の今日

生きてゆく第一試練ぞ小さき手に受くる注射に耐へよ「陽一」

一歳児の弾ける如き笑ひ声にまはりの人皆つられて笑ふ

たたみ置く洗濯物を片端より役げ散らかすは曾孫「陽一」

どんどんと丈夫なる足になりてゆく曾孫に我はついて行けざり

① 709-4227　美作市　② 龍

春の語

日下《くさか》　智加枝《ちかえ》

たむろせる鶸が一斉に飛びたちてなんぢやもんぢやは元の裸木

茜さす光はつかに春を帯びほつりほつつり開くしらうめ

やうやくに飛びたちゆきし百舌のこと桂に遊ぶ百舌みて想ふ

春の雪は土に吸はれるやうに消え葉かげにのぞくまつかな椿

わだつみのいろこの宮ゆ出でて来し金魚の尾鰭が大きくそよぐ

去年よりきれいねといふ声もするさくら見ながら父を憶ひぬ

桜の花を見るさへ拒みし父なりき苦しき息のはざまを生きて

うれしさうな顔みればうれしいそれだけに足る私を見てゐる私

① 707-0053　美作市　② 龍

米寿を迎へて

草野《くさの》　志満子《しまこ》

年賀状今年最後と認《したた》めつつ心をこめて筆を持ちをり

年迎へ米寿となりてこれからは我が爲にこそ生きむとぞ思ふ

城趾の掘一面の蓮の花浄土を想ひ立ち尽したり

風なきに蓮の蕾のかすか揺れ開きゆくなり朝のしじまに

夕立に稲みづみづと緑まし青田の匂ひ風にのせくる

台風の去りて静かな朝の陽に稲穂出揃ひ煌めきをりぬ

円通寺の萱葺屋根のふかぶかと秋の日なかに静もりてをり

仄暗き山肌おほふ青苔を踏みつつ行けば法師蟬なく

① 701-1213　岡山市北区　② 吉備短歌

良き年にせむ

草野《くさの》　彬子《よしこ》

ほんのりと陽の温もりの残りゐる浦団に眠り忘れむひとつ

数珠屋町探して夜の小路ゆき托鉢姿の親鸞の像に会ふ

許すこと多くなりしと言ふ人とバス三十分程の旅もよろしく

冬眠中の水槽の亀が首をのばし半眼にわれを見上げてゐるぞ

東京の人のひとりとなりながら新しき靴にて子は歩みゐむ

春の嵐が磨いたらしい自動車も街並も空も夕日に光る

夕食の支度に立ちつつ人知れず涙を拭ふ兄がもうゐない

山の上の公孫樹の喬木の彼方には白雲光る良き年にせむ

① 710-1101　倉敷市　② 龍

希　望

國定《くにさだ》　廉枝《きよえ》

庭先に春一番の風は吹きころがる缶の音のさびしさ

鶯の鳴き声三度聞きたれどそれよりきけぬ後のさびしさ

水槽の中にメダカを放つとき我の心は童にかえる

終戦の七十年の節目の年コンビニで買う焼き芋ふたつ

わが置ける朝顔一鉢コミニティーに今朝は十個の大輪の花

ここかしこの庭に香の立つ金木犀祭の記憶甦りくる

柿の種蒔いて接ぎ木の台とせし夫の大秋柿の色はあざやか

一本の白き道路はわが村の景観かえて未来ひらける

① 岡山市東区　② 真葛短歌

光の中を

倉田《くらた》　節子《せつこ》

向かうから一人の僧がやつて来る青葉若葉の光の中を

郵便ポストに葉書を入れての戻り道遠廻りして川を見にゆく

青空には海豚のやうなる雲が浮きこの世の喧騒を見下ろしてゐる

春のコートに孕みたる身をかばひつつ夫とゆきたり大原美術館

菜の花とれんげの花とに取り替はりソーラーパネルが春日に光る

懐かしき卵とぢなどしてみよう留守に土筆が届きてありぬ

鈍色の霧たちわたる山の向かう晴れの日は海が見えるとぞいふ

ふんはりと巻きたる春のキャベツがよし晩年は自由自在がよろし

① 715-0024　井原市　② 龍　③ 母のなぎさ

「時代」だと

黒石《くろいし》　登代《とよ》

百余年を咲きつぐ庭の白木蓮咲きて記憶の笑顔が並ぶ

黒々と襲ふ雷雲雷風に病葉鳥と化りて空舞ふ

昇る日が一瞬光の輪に見ゆる驚きに立つ霧の満つ中

免許証の更新迫りて訪れし教習所にて知る記憶の衰へ

頼られてゐると思ひし義姉逝きて頼り居りにし我に気づくも

認知症の有無は他人に聞けと言ふ独り暮しの心が冷える

母の齢追ひつつ母の心知る子のみを案じて母生きゐしと

「時代」だと語りて笑みて隣家の媼は遠きホームに入りぬ

① 709-4246　美作市　② 龍

熟年を生く

黒石《くろいし》　初江《はつえ》

古稀過ぎて体の衰へ言ひ合へど口元だけはすべりて滑らか

遠慮なき熟年ばかりの女子会は我先とばかり言ひたきを言ふ

バス降りて杖をつきつつ歩く時背筋伸ばせと我に言ふ我

赤飯を作りて親族《うから》に分け終へて我に残るは碗に一杯

孫達に残す物なき我故に舌に残さむばあばあの味を

盆明けて「疲れてないか」と子ら問ふに「大丈夫よ」と元気を装ふ

形見なる母の割烹着を着てをれば仕草までもが似て来る気のす

「おたがいに体を大事にしようね」は友との電話の極り文句ぞ

① 709-4246　美作市　② 龍

母のまなざし

黒崎《くろさき》　貞子《さだこ》

魂は目に宿さむと人形の 眼《まなこ》 さいごに息止め描く

退職後父の彫りたる鬼の面床《とこ》柱より生家を守る

五人の子の名前を確《しか》と呼びませり百歳の母は母のまなざしに

うららかな日差しを受けて草を食む若駒の目とわが目合ひたり

なかなか四つ葉のクローバーが見つからぬ蝶はひたすら蜜を吸ひをり

夏の陽をはね返し咲く夾竹桃阿鼻叫喚の原爆耐へき

小さき花寄りて球《たま》なす花八手優しき母の愛に似通ふ

おだやかな幸せそこにあるやうに枇杷の小花に春陽の注ぐ

① 700-0081　岡山市北区　③ 白たび

愛しき日日

黒住《くろずみ》　茂子《しげこ》

秋風を受けたしといふ母の手をとりて歩めば背あたたかき

窓外の音をベッドに聞き分ける母の世界は畳一畳

ぽつぽつと取り留めもなき話して父と炬燵で冬日楽しむ

杖つきて転ばぬやうに小刻みに歩める父は真剣勝負

年明けを告ぐる花火の音聞こゆ病院の母寝ねたる頃か

寝たきりの母の床ずれ丁寧に軟膏塗りゆく姉の指先

今は亡き父と母とを介護せし日日なつかしく鰯雲追ふ

父親に似てゐる姉と母似のわれ年を重ねて妙に似てゐる

① 701-1214　岡山市北区　② 一宮短歌

行商のうた

黒瀬《くろせ》　紀子《としこ》

行商のいろはを紡ぐ日日にして背負ふ荷より不安が重し

この邑は何度行きても売れぬ邑坂の地蔵に野菊供ふる

行商の荷を柴のうへに下しおき山裾に熟れし木苺を食む

侘しめど生きねばならぬ行商の吾が夕影長く舗道に伸びる

北風にあらがひて歩く行商は終りもわからぬ峡の村なり

高慢な客の言葉を消し難く自服の抹茶二服を啜る

売れぬ荷を負ひて下れば大夕焼茜色はなぜか母を憶はす

一反も売れざりし夜を寝返りて行商はすでに成らぬ時代か

① 709-3717　久米郡　② 地中海

青　竹

小滝《こたき》　明子《あきこ》

吾が裡にも流るるものあり鋸を当てし青竹水ほとばしる

雪消えし道行く除雪車鈴の音と紛ふチェーンの音響かせて

昏の寒き朝は家裏の満開の花白みて揺らぐ

草叢に紫の色の数多散りすみれと紛ふ藤の花びら

川中に取り残されし橋脚を覆ひゆく苔今日も雨降る

じやが芋を掘ればそれより尚深く根を張る杉菜の黒く太かり

小雨降る朝は万の蟬鳴かず雨だれの音静かに響く

ハンガーに干しゐるみどり児の肌着奴の形の今し揚がらむ

① 718-0102　新見市　② 沃野・蕗の会

命ありて

小谷《こたに》　清子《きよこ》

癌を病む我の余力を試さむと海に一杯墨をすりをり

触れるたび萬のつぶら実落ちてくる紫式部と抜けるわが髪

癌を病む細き躯をかき抱くわが心意をば誰も知らざり

着ることの無きまま仕舞ひし羽織をば解きて自慢の服に仕立てる

既製服の山と売らるれど「リフォーム」せし服を宝と悦に入る我

押し入れに忘れし毛糸見付かりて覚束なき手で編棒動かす

満足なる詠み歌一首も出来ぬまま病がぢりぢりと攻めてくる夏

わが庭に種類七つの紫陽花と七人の孫が競ひて咲けり

① 美作市　② 英田短歌

金婚をむかえて

小谷《こだに》　裕子《ひろこ》

金婚を迎えしわれは恙なし菜園に励み習い事もする

編物や手毬拡げる吾を見て「やることあっていいな」と夫は

手毬作り桜の花が満開に外は吹雪けど炬燵でのどかに

見頃なる桜の蒜山路を横断す春風追いて新車で走る

ぽっつりと「たのしかった」と孫言いて親子三人岩手に帰える

蕎麦の花辺り一面白く咲き涼風漂う蒜山の秋

故郷が蒜山の先生を頼みとし膝の手術を玉造で受ける

膝痛の手術を受けし今の冬は一際穏やか蒜の山々

① 717-0506　真庭市　② 窓日

小さき円

小鉄《こてつ》　明子《あきこ》

朝の空映す田の面にミズスマシ小さき円にて空を震はせ

繋がれてながながとゆく貨物列車通過のホームに春風のたつ

向ふ山の「テッペンカケタカ」リズムよく草引く耳のいと心地よし

まほちやんが「こっちの水は甘いよ」ほうたる二匹ふはり近づく

梅雨入りのひと日朝より雨つづきフランスパンをこんがりと焼く

寝る前のオセロゲームは十歳に勝つたり負けたりああ又しても

誕生日忘れてくれよといふ夫へふはふは届くシフォンのケーキ

ふたり住む部屋の小さなベランダにパセリ・バジリコ青あを育つ

① 718-0001　新見市　② 沃野

完熟の秋

小寺《こでら》　信子《のぶこ》

耕運機音高く進み田の中に湧き立つごとも春の土の香

巣立ちゆく子を送り来て共に歩む桜咲き初む古都の道辺を

芽を出すや花咲き実つくるスピードについていかれぬ草との戦ひ

浴衣の人ジーパンの人も挙り入り二重の輪となる「ふるさと音頭」

虫に喰はれ鳥につつかれ風に落ち残りし梨の完熟の秋

喉元まで出て来し言葉呑み込んで大人といふ名の仮面を付ける

瀬戸の海行き交ふ船を病室の窓より見せて病む孫あやす

絵手紙に描かむと手折りし野の花を描かず枯らして捨て難くをり

① 714-0022　笠岡市　② 龍

四季の移ろひ

小寺《こでら》　紘子《ひろこ》

空晴れて黄の鮮やかなる福寿草寂しき庭に彩り添へる
芹摘みて洗ふ小川の水ぬるみ吉備路の野辺に桃の花咲く
桃の花の傍へに桜も咲き盛り我が行く吉備野に春は押し寄す
冬日受け草抜け庭の匂菫香を放ちつつ今盛りなり
アイリスの咲けば想ひ出づわが婚礼にこの花束を姑より賜びし
代掻きの耕運機の音響きたり俄雨激しく降るなかにして
吉備の中山影写しゐる水張田の水面かすめて燕飛び交ふ
倒れたる秋明菊を抱ふれば白き花弁はらはらと落つ

① 701-1213　岡山市北区　② 吉備短歌

をりをりの花

小寺《こでら》　三喜子《みきこ》

クロード・モネは睡蓮に憑《つ》かれその「睡蓮」にわれは憑かれて今日も暮しつ
直島の浜に遊びし辰子さん辰子さんのお母さん梅が咲きました
白梅を供花《くうげ》とやせんやうやくに骨壺に入りて戻りし人よ
山茱萸の花やいかにと双眼鏡を覗けども楉《しもと》ゆれゐるばかり
木も家も焼けし跡地に空色のおほいぬのふぐりが咲きて音信《たより》なし
与謝蕪村の絵葉書が届きいちめんの雪景色の中に鴉がふたつ
白木蓮《はくれん》に狐雨降る昼つ方神の卵の蕾がゆるる
大槌島《おおづち》のみどり明るき海なれば白峰の御霊よ鎮まりたまへ（旧二月西行祭）

① 710-0048　倉敷市　② 龍　③ サヨナラ三角さるすべり、海辺の光景

残光

小林《こばやし》　公子《きみこ》

かへり見て人に救ひを求むるなく来たる一代といふもさみしき

春につぎて夏至らむとする当然をこころに沁みて思ふこのごろ

六時すぎの夕餉のあとの夕あかりしらしらとして六月が来る

世も人も移りかはれど空しからず残れる歌を人は思ひつぐ

残光の映すわが影塀にありその等身の淋しく歩む

衣更着の語感はすでになつかしく道に会ふ人さまざまに着る

盛りあがる青き草むら点点と白き十字の花絣置く

子に負目持ちながら守る家一つ草ひく手をばとどめて思ふ

① 美作市　② 英田短歌

黄蝶

小林《こばやし》　智恵子《ちえこ》

金星は上弦の月に寄り添ひて光を放つか正月の夕べを

薄靄に日かげの揺らぎ春めける弥生間近の庭に佇む

那岐山は雪をいただき山肌は月に照らひて「プラチナ」と化《な》る

一族が我が家に集ふ「子供の日」二十五人の声が飛び交ふ

三十年経ての記憶をたぐり寄せ浴衣一枚やうやく縫ひ上ぐ

「脳トレ」は写仏と決めて朝な朝な心平らかにと先づ墨をする

庭に舞ふ黄蝶一つ「結願」に旅立つ祖霊の案内を託さむ

たどたどと年賀はがきを書き終へぬ八十二歳を生きゐる証と

① 707-0113　美作市　② 勝田短歌

音は届かず

小林《こばやし》　智枝《ともえ》

几帳面なる父が作りし本棚のそのままにあり逝きて三十年

父の死と思へばかなし夕食後の一瞬に倒れしままに逝きたり

切り抜きし新聞記事の色も褪せ父の残せし分厚きノート

分の厚きノートに書きし父の筆跡をなつかしみつつ読みをりひとり

戸をたたく音のやうだと出でて見る人影はなく風吹くばかり

ますぐなる青竹のやぶを歩みつつたたいてみたりゆすりてみたり

ひとりゐる昼の竹やぶうぐひすが鳴き時折きじの鳴く声もして

東へと流るる雲の上空をジェット機が過ぐ音は届かず

① 700-0845　岡山市南区　② 龍

土と共に

小林《こばやし》　春子《はるこ》

春大根のまあるき種を掌にころころ遊ばせ蒔きてをるなり

蔓繰りごろごろ出てきし西瓜五個近所に配りて夏も終りぞ

朝採れし八キロの西瓜孫達と西瓜割りして皆で頬張る

数多なる荏胡麻を桶に集めおき唐箕で選れば三升採れたり

午前四時短歌の清書をしてをればコトリと新聞届きたる音

朝刊のインクの香りに誘はれて紙面を捲りつつ一日の始まり

熊本の震災復興願ひつつ日日心経を仏に唱ふ

後一首と捻りに捻つて十二時だ昼飯の用意だ饂飩にするか

① 707-0011　美作市　② 龍

金婚記念日

小林《こばやし》　光代《みつよ》

子や孫がイタリアンにて祝ひくるるは夫とわれの金婚記念日

悲しみも時が過ぐれば薄らぐと知りて寂しゐ母十三回忌

大空の半ばを占めたる鰯雲仰げば何故か裡の騒ぐも

鰯雲その文様はリズミカルはるかの海の波音のごと

新築の娘の家は心地よし我が家はほとんどごみ屋敷ゆゑ

源氏物語の原文読みを完了す読み始めてより十一年目にて

山の子は海に心を盗られたり眼下に広がる明石海峡

ドキュメントの「老後破産の現実」を見れば悩まし日本の未来

① 708-0841　津山市　② 龍

「いま」が輝く

小林《こばやし》　美代子《みよこ》

白球にすべてをかけて燃える夏子等と教師の「いま」が輝く

「せ〜の〜」と声掛合つて跳ぶ子等の頭上の青を大縄掬ふ

青空と秋桜《コスモス》を背に石観音すつくと立てり微笑み浮かべ

迷ひ咲き雪に凍えるひまはりに注いであげたし金の油を

父の写真胸に抱きて逝きし母声なき声で愛を語りぬ

遠い夏共に遊びし少年は僧侶となりて我が父母弔ふ

満天星の向こうに隠れし父と母「まあだだよ〜」の声も聞こえず

ジグソーのジェームズ・ディーンが壁に居て私の人生静かに見てをり

① 701-1211　岡山市北区　② 一宮短歌

わが家の宝

小林《こばやし》　洋子《ようこ》

白き花ほんわか咲ける豌豆の枝しなやかに春風を受く

春の野に摘みし蓬の香の著き雛荒しはもいや遠きかな

万両の葉裏を確と掴みゐる空蟬の辺のやはき羽音よ

幽霊に涼とる技は遠ざかり一人涼とるエアコンにして

漸くに「ちゅうだち」なせし幼子がマウスを耳に聞き入る目付

嬰児は「ちよこん」と床に腰下し祈りゐるわれに両の手合はす

飯事で運転する真似なす三歳「ビール飲んでるうちろに乗るね」と

発音に「サ行と夕行」の同居して語る三歳わが家の宝よ

① 679-5511　佐用郡　② 吉野短歌

おりおりに

小松原《こまつばら》　俊彦《としひこ》

紅薔薇は真っ赤に燃えて夕づきし庭を這いおり吐血するごと

駅ホームの椅子に並びし若き男女ころころ笑うこの世は平和

元日の墓地穏しきに陽の映えて祖祖眠りたり静けさもちて

昼の月ビルの谷間の残影は淡々として光りもなけれ

山肌を這いのぼるらし白煙の野を焼く煙夕べになずさう

枯芝をめらめら炎の走りゆく恋のほのおと見えて燃えつぐ

おとろえの命もどしてと夕顔の雨にうたれる朽ちゆく中に

葛の葉を吹き返しくる野分なり湿り気含みて生あたたかき

① 700-0941　岡山市北区　② 夢

折々のうま

小見山《こみやま》　輝《てる》

白居易は卯時《ぼうじ》の酒をこよなきものといへりけりわれは午刻《うまどき》がよし

雲長関羽の乗馬「赤兎馬」日本に渡り来て焼酎の名となれりけり

反《の》りて見る空の青さもさりながら雲と見えつつ花鶏が渡る

赤松も黒松もなく枯れはてて黄櫨の紅葉の昨日また今日

水鳥の立ちのさわぎのさざなみや「馬は海では鱗が生える」（岩田宏）

息継ぎの声を切なく思ふゆゑわれもひととき水に遊ばむ

あらためて見ればいとしき身の形《なり》の午《ひる》をかすかにゆらぐもあはれ

ねずみ茸が数かぎりなく生えてくる昔少年院の艮《うしとら》の森

① 714-0098　笠岡市　② 龍　③ 朝凪夕凪、汽水の蟹

七時の卓

古玉《こだま》　従子《よりこ》

切り抜きはまづ囲碁欄から恙無き七時の卓を塞ぐ朝刊

ひとり碁を打つ楽しみのなかなかに贔屓の棋士の快勝譜並べる

迷盲にとどめを刺さん盤上に打ちゆく石に朝の日かしぐ

碁敵を欲るには棋力ほど遠し黒白交互にひとり打ちつぐ

読みつ書きつ碁にも魅入られ日を経ぬる退屈の虫巣くふひまなく

父に受けし手ほどき今に忘ら得ず口まねしつつ盤上に石を

日常にぴたりと嵌まる囲碁格言「切って血の出ぬ所などない」

半世紀余溯る記憶のまながなし父と弟妹と五目に遊びぬ

① 719-1133　総社市　② 星雲　③ 時の断片・木俣修自画像百景

折れない

後神《ごかん》　千代子《ちよこ》

折れたとか折れないなどと盛り上がる隣の話題は「心」なるらし

「シメナサイ」と鳴る冷蔵庫「シャラップ！」私の大事な豆餅がない

食卓にひとりの夕餉の豆ごはん鳥獣戯画のうさぎと食べる

「赤トンボ」を舞台に和して歌ひつつねえやの一世《ひとよ》を想うてをりぬ

樋を伝ふ雨水を桶に受けをけば今朝の青空を映し溢るる

飛び立てば尾翼の下に虹たちぬ桜を追うて東北へ行く

複眼のごとくに空を映しをり資源化ごみのテレビの山は

もの言ひしは「はい」と一言《ひとこと》スーパーにてリュック一ぱいの買物をして

① 700-0904　岡山市北区

貫く「至誠」の人

後藤《ごとう》　治子《はるこ》

笠岡の儒者『関藤藤陰伝』を読む百年後のわれはその行跡を知らず

備中の幕末・明治初期にして藤陰・方谷・朗盧名を残す

生れ持ちしか養父母との八年間の萌芽なるか叡智、誠実を覗かせる元五郎（藤陰の幼名）

頼山陽の京の「水西荘塾」に藤陰は学び才めざましき

福山藩儒官になりし藤陰は藩主正弘をよく支へたり

命受けて蝦夷地探検二回遂ぐ関藤藤陰五十歳の頃

晩婚の藤陰なりしが妻礼と住みし二十年間に三児をさづかる

『関藤藤陰伝』三冊を十余年かけて著し栗谷川虹

① 715-0004　井原市　② 龍

小さき重さ

後藤《ごとう》　秀子《ひでこ》

初社去年も今年も健康と災害無き世を願ひて詣づ

年明けて初めて歌ふはコーラスにて春待つ歌よ「蒲公英」の歌

「様子見」と言はれし術後の再診の日は花曇りとも鳥曇りとも

無人家の薔薇の新芽の伸びたりて郵便受けを覗きて居るも

屋根までも見えなくなりしと向ひ家の人おとなひ来青葉の中を

遠く近く鳴き交ふ夏の鶯の今朝五羽を聴く声覚ゆれば

木犀の香り漂ふこの頃に届く新米今かと待ちをり

指の間ゆ零れる如く畝に落つる小さき菜種の小さき重さよ

① 707-0113　美作市　② 勝田短歌

日向のにほひ

後藤《ごとう》　正子《まさこ》

かけよりてふはりと抱く幼子の日向のにほひ遠くなつかし

暮れなづむ庭に立ちゐる花水木ほのぼの白く花の咲きゐる

幼稚園児の「こいのぼり」の歌は元気よく空の鯉より高らかにして

誕生日嬉しいやうで悲しいやうで素直になれぬことの寂しさ

春来れば「さくらさくら」と人らはさわぎ野の花々はひつそりと散る

幼稚園の「年少さん」になりし孫が胸につけたる名札を見せる

子雀はつばさふるはせ餌をねだる黄色い足をそろへて立ちて

われを抱きおとぎばなしや子守歌きかせてくれし父のぬくもり

① 710-0826　倉敷市　② 龍

別れ

河本《こうもと》　啓子《けいこ》

宇宙にも別れはありや鎮まれる銀河を斬りて星流れたり

熱消えし懐炉振りつつ限りある命をおもふ葬の帰り路

真砂より拾ふ片身の桜貝海のひかりと涛のこゑ持つ

にんげんの性の哀しさ徘徊の老いは跡なき生家に向ふ

いち日の生活に汚れし包帯を解けば手の傷癒えゐて痒し

切り抜きに開きし鋏そのままにゆるべる生活は机の上に見ゆ

古暦外せば人を憎みし日外せぬものとし思ひ出さるる

嫁と児が昨夜興じたる花火滓バケツに浮きて朝の寂寥

① 709-4333　勝田郡　② 勝央短歌

夫を想ひて

米山《こめやま》　和子《かずこ》

猪と知恵比べかと苦笑する夫と二人で柵を繕ふ

夫と婿と年越奉仕より帰り来て熱燗呑みつつ話し居りたり

畦草をかきわけ小さき芹を摘み娘に送る荷にしのばせぬ

患ひて夫も変り来たるかな朝餉の汁もゆつくり味はふ

在りし日の諍ひさへも愛ほしく夫身罷りて一人暮らせば

孫生まれ祝ひの言葉浴びつつも心の空洞埋めやうもなし

孫どもの去にし夕べの静もりて盆提灯にあかりを灯す

手間をかけ母の絞りし柚子酢にてばら寿司つくる凍てつく朝に

① 701-1213　岡山市北区　② 吉備短歌

きっと青空

伊久《これひさ》　秀子《ひでこ》

父を乗せ母の押しゆく車椅子まぼろしに立つ花桃の下

紅梅の香りに繋がる思い出を手繰り寄すれど儚かりけり

自転車で前髪ぬらし孫がゆく霧のむこうはきっと青空

暑き夏を遊びし外孫見送りぬ蟬の脱け殻麦わら帽子

何故に心急かされ過ぎてゆくはや水引草が紅を深める

落日に胸焦がしたる遠き日よ長かりし夫の単身赴任

単身赴任の解けて十年冬の陽は窓越しに夫の背を温むる

青き空に映える柚子の実捥ぎ取れば香り弾けて冬は到来

① 709-0843　岡山市東区　② 真葛短歌

ふる里に来て

近藤《こんどう》　孝子《たかこ》

エスプレッソ飲みほすまでの時の間を思いめぐらすふる里に来て

もえ出ずる若葉の下に手を洗う山瀬の水のほそくきらめく

濃淡を変えて移ろい霧に濡れ平野の麦は今が刈りどき

夕つ陽か池の光かあめんぼの幽かな迷走しずめがたきは

麦わらの帽子に止まる天頭虫ここにも小さき夏の点景

生え残る檻褸うつくしほおずきの袋の赤の褪せて羅の透く

何というやさしき白ぞと見上げいし侘助も時経ず色の褪せきぬ

乾し大根の香りのゆらぐ軒下に立ちて見まわす静かなる景

① 709-0872　岡山市東区　② からたち

父母を憶ふ

近藤《こんどう》　美水《はるみ》

父母の思ひ出語る幸せよ傘寿の我に卒寿の姉ありて

曾孫をこの手に抱きて思ひをり娘もたうとう祖母になりしと

姉ありき母のやうなる姉なりき四十二歳で身罷りし姉

彼の岸の母を恋ふことしきりなり還暦迎へず往きしを思ひて

経を誦す声をテープに納めにき余命三月と聞きし夫の

変声期に入りたるらしき男の孫が「おばあちやん」言ふ太き声にて

女の孫の贈りくれしは紺の傘雨の降るのをひそかに待ちをり

目覚むれば昨日に続く朝のあり「当り前ではないぞ」と手合はす

① 679-5225　佐用郡　② 三河短歌

命温む

佐古《さこ》　千枝子《ちえこ》

幼日を還しつつ友と棒グラフめく一列の土筆見ており

米寿なれば畑の草取り止めますと亡夫のペンもて書く農日誌

曽孫らの見て来し蛇の大きさを示す手の幅徐々に曖昧

先客の子連れの犬にゆずられて雨宿りする峡のバス停

過疎村の茶店に座せば真みどりの竹串の鮎焦げて香ばし

風立てば岸の草揺れきらきらと秋の疎水に光が遊ぶ

駈付の警護の蟻も加わるか蟷螂曳きゆく冬の薄ら陽

煮メの香厨に満ちて更ける夜の湯船に米寿の命温む

① 709-0606　岡山市東区　② からたち

桜さまざま

佐古《さこ》　恭子《やすこ》

天皇を偲びて仰ぐ醍醐ざくら咲き極みおり孤高の大樹

児島湖のほとりに五千二百本の河津桜は濃きピンク色

鮮やかな河津桜のイベントに二万余りの人ら賑わう

河津桜は色を留めて萎みたり児島湖畔に三月を咲き

わが庭の八重の桜を四世代輪になりて観る猫〈はな〉も来て

水源地の丘より見放くる桃・桜いま花盛り此処はまほろば

青柳のなびく傍《かたえ》を散り急ぐ桜いくひら土に重なる

高齢化の進む世に住み過去は過去風にゆだねて明日へ生きる

① 709-0606　岡山市東区　② からたち

共に生きゐる

佐々木《ささき》　君江《きみえ》

冬の月かうかうと照りまぼろしの青くて深き海へ漕ぎだす

ほのぼのと胸に咲きたるリラの花君におくらむ花束にして

夕菅の花にさそはれ月の庭もどるあてなきひとの名を呼ぶ

秋萩の散り初むる日に逝きし夫いまもわたしと共に生きゐる

いまどこに居ますかあなた草を引くわたしの姿が見えてゐますか

あと五年わが畑まもり生き抜かむ腰をのばせば飛行機雲ゆく

この畑に風を聞きつつ眠るごと逝けたらいいなコスモス揺るる

とんとんと階段のぼる音のなく二人の孫は行つてしまうた

① 716-0003　高梁市　② 麓

白内障の手術

佐藤《さとう》　妙子《たえこ》

右眼の視力の極度の低下を直隠し四・五年過ぐすやこの愚かさに

視力乏しき右眼の回復に望みをば託して白内障の手術に挑まむ

白内障も手遅れなどとの診断に悔いのみ募るうら盆近きに

三泊四日の入院余儀なく唯ひとり個室に心鎮めてゐたり

「恐れな・恐れな」己をひたすら励ましつつ午後の手術を待つ間の長し

寝ねがたきひと夜は明けてガーゼ取れ先づ眼に入るは鮮やかなる空

覚悟せしが眼鏡不要のこの日々よ今日も辞書繰る幸かみしめつつ

白内障も癒えて再びの夏迎へむ彼の日の恐怖も薄れゆきつつ

① 719-0301　浅口郡　② 龍

年の瀬

佐藤《さとう》　久栄《ひさえ》

新聞にニトリが似鳥と知る歳晩テレビはビートたけしのルーツなど見す

この年の終はらむ感慨押しやりてプーチン来《きた》るをあしたより待つ

あからひくプーチンの肌ボルシチの色思はせて遠き日たたす

はるかなる大阪万博に珍らしとソ連館にて食せしボルシチ

若き日に馴染めるロシアの物語みそ汁のやうに出でこしボルシチ

幼な子をいだき並びし展示場ソ連館アメリカ館の輝きてゐし

輝くものいつしか消えしこの星にかたちなき不安広がる年の瀬

すべらかなこの国の蕪《かぶ》に思ひたち糠床を仕立て発酵を待つ

① 716-0061　高梁市　② 麓

朝日が昇る

佐藤《さとう》　美代子《みよこ》

いまだまだ冬木のままの櫟林より赤々と昇る今日も朝日が

ひこばえの青々と伸びて暖かき春めく田圃を見つつゆきたり

井原線の銀の車両が新春の陽に照りてをり天に昇らむか

昨日のことを忘るる姉が手の甲のうすらの疵をわれの歯形だといふ

御神川にかかる小さき木の橋をふとも思ひぬ弟もゐて

瘤々の根を露にして廉塾の大楠が青空に葉を輝かす

小田川に掛かる桜橋をあちらまで行きつつふいに淋しさのくる

チェーン・ソーの音か山から聞えくるあの椎の木を伐りてゐるらし

① 715-0023　井原市　② 龍　③ 生きねばならぬ

生きる

斉藤《さいとう》　千恵子《ちえこ》

そら豆がおやつと育ちし遠き日の莢つき豆に思い出かえる

老いてなお頑張る人の輪の中で疲れは禁句我を励ます

ワイワイと家族十人集まりて炭火で焼肉盒の夕暮れ

断捨離と整理始める抽斗に亡母の手縫いの着物が覗く

呼ぶ声に振り向きみれば小六のにきびの孫がにっこり笑う

滝の音聞かむと行ける山の道行き交う人の挨拶清し

「縫ってくれ」新品ミシンをもちくる子手引書手元に半日すぎる

青青と背丈伸ばした夏野菜母の面影ゆれては消える

① 701-0206　岡山市南区　② 水甕

うろこ雲

斉藤《さいとう》　博嗣《ひろつぐ》

うろこ雲鏡のやうな水面に落ちて漂ふ木の葉とともに

透明度の高き浦富《うらどめ》海岸のやうな気持になれるかなれる

ピオーネを食ひ荒らすのは何者か　鼬《いたち》か　貉《むじな》か狸か貂《てん》か

袖は濡れ背中も濡れて冷たくもあと一か寺と向かふ八栗寺《やくりじ》

鳥の声も葉擦れの音さへなき森に見る山城は孤高のごとし

接ぎ木せし葡萄の枝を剪りこみて新たな命の育むを待つ

芽をふきて日毎に枝を伸ばしゆく葡萄にぞ見る生命力を

光合成の出来るやうにとできるだけ葡萄の枝を横にひろげつ

① 701-1465　岡山市北区　② 朔日

わがめぐり

坂井《さかい》　はつ子《はつこ》

稲光りは一瞬家並低めたり「う」と声あげてすくみたりけり

頤を鍬の柄にのせ甜ひをり一つかたまりの雲の行くまで

無花果は伐られたるのち真白なる樹液をふきて横たはりゐる

下枝の唯一本が紅葉の真盛りにあり他は散り果てて

屋根ひとつ日の残りゐて光りをり夕日の沈む谷地のひととき

程のよく照りかげりして雪達磨はゆるゆる艶を帯びてくるなり

申告をすませて戻りの鳶の笛ほがらかにして高らかにして

雑木木のうれを育つる春の雨よべより降りて今朝は晴れたり

① 679-5224　佐用郡　② 龍・三河短歌

真青なる空

坂下《さかした》　八重子《やえこ》

緑濃き九段坂行く「昭和の日」七十年の平和かみしむ

山坂を幾つ越え来て展けたる「知覧」の丘にブーゲンビリア燃ゆ

成人を祝ふ男孫のこの先も平穏であれ秘密保護法

歳老けて花待つ心薄れ来ぬ　どうぞゆつくりお咲《ひら》き下さい

雨乞ひの姿にも似て暮れ方をしづかに揺れて咲く百日紅

花図鑑にいと愛らしき花ありて「屁糞《へくそ》 蔓《かづら》」は何とも不憫

野の道を新一年生が帰り来る黄蝶のごとくランドセル揺れて

新しきすだれを掛けて友を待つ十年ぶりの真青なる空

① 701-0152　岡山市北区　② 一宮短歌

「国文学」

坂本《さかもと》　素子《もとこ》

敷石に裏返りゐる落蟬にわが足は停りぬ八月一日

「何ノシマツモセズイキマス」とのみ書きて友は逝きたり我を残して

食べられる時食べるとは友の口癖八月十五日がまたくる

「短歌研究」総目次1読みゆけば「正宗敦史」に会ふああわが師　（昭和七年創刊号）

澤瀉久孝「万葉集の歌一つとありて懐かし「短歌研究」八月号（創刊一〇〇〇号によせて）

年齢のこと忘れて働くわが情熱の基《もとゐ》なるは「ことば」なりけり

はち切れんばかりに匂ふ若きらと居れば淋しゐ萎えゆく心

今ここを出て君に会ひにゆくといふほどに恋ひしと思ふ「国文学」

① 700-0086　岡山市北区　② 龍

折々の記に

貞森《さだもり》　房子《ふさこ》

新年の雪の度々降り来るに禊とも受けぬ宮頭屋我の

緑葉に白花さやけき山法師名を思はせて孤高とも見む

約す日の近付き来るに未だしも心決まらずすつぱし「ゆすらうめ」

理なきと思へどこの事仕方なし生きゐることの人であること

様々の役それぞれにこなし得る役者の如くも生きたき時に

秋灯下がぶりと林檎を丸齧りさくさくさくと哀愁を食む

全霊で燃えて沈むか日輪に圧倒さるるか只に見つむる

嬉しきは便り一通真澄む空真一文字に飛行機雲走り

① 707-0016　美作市　② 龍

妻の横顔

塩尻《しおじり》　康勝《やすかつ》

韓ドラをわれに見せむと操作する一瞬かがやく妻の横顔

春最中孫子にせがまれ終日を遊ぶわが妻溌剌として

子や孫の去《い》にて疲れし爺婆は片付けをなす楽しみながら

年の瀬の病妻《つま》の指図は気ぜはしく腹が立つやら汗も掻きます

男《をとこ》女《じょ》中《ちゅう》の仕事も何とか板につきつくづく思ふ妻の有難さ

がんばれよ季節遅れに狂ひ咲くオーシャンブルーはわれに似てをり

デパートのエスカレーターに癒え初めし妻と上る時三段下に立つ

梅散りて桜待たれる季となる妻の全快は紫陽花頃か

① 702-8033　岡山市南区　② 一宮短歌

触れ合いとして

塩見《しおみ》　純子《すみこ》

それぞれの背の高さにて匂いかぐしだれ桜を囲むうからら

新入生は六年生と手を繋ぎ顔ひきしめて式場に入る

老人会と一年生と交流す千三百グラムの脳は活性化

春日暮れいまだ明るき公園に集う子供等みんな高声

春キャベツの両手に伝わるやわらかさ献立めぐらせカート進める

紫陽花はちいさき蕾をむすびたりひと雨あびてややにふくらむ

朝戸風が百日紅を揺らしゆく一期一会の触れ合いとして

楠の木を大日傘にして同郷を離れし歳月を友と語りぬ

① 709-0631　岡山市東区　② 上道短歌

われにまつわる

塩見《しおみ》　眞理子《まりこ》

日の出待ち東の空を仰ぎ見る今年の祈り胸にあたため

エンドレスの話が続く女子会のとりとめもなき輪の中にいる

断捨離に背中を押され青春をビニール袋に詰め込んでいく

漸くに薬の袋空になりノロウィルスの呪縛解けたり

広島は紅葉よりもいち早く赤く染まりぬカープ優勝

ハロウィンの名残りのような服を着た若い母親幼子背負う

オートバイの爆音消えた街角にポケモン捜す若者歩く

冬陽受け長く伸びたる影法師家路を急ぐわれにまつわる

① 709-0631　岡山市東区　② からたち

青嵐の中

重藤《しげとう》　洋子《ようこ》

公園より幼の声が響きくる路地にて石蹴りをしたる日もとほく

隣家の涼台にて遊びたる昭和の時代が確かにありし

夕闇に冷たく湿る干し物を今日のわたしのやうだと取り込む

「笑ひヨガ」の三分が程を日課となし明るく元気な先生となる

こんな日が来やうとはつゆも思はざり母校にて生徒と校歌をうたふ

教室にハイテンポの曲が流れくる静かに食べたしせめて給食は

夜半覚めて杜鵑の声聞きをれば遠ざかるらし雨はやみしか

「ケータイ」の登録番号をみんな消し身も軽軽と青嵐の中

① 713-8121　倉敷市　② 龍

ふるさとの海

柴田《しばた》　戒子《もりこ》

佇めば今し静かなる通学路友待つ我と月とさくらと

君が訃報を胸に抱きて笹尾山の林道いゆけばつつじ真盛り

君ありて我も駆け行きし青春の思ひ出きらめくふるさとの海

月光にぬれて静もる我が町よ小豆島あたりに漁火の浮く

干し醤蝦の淡き紅色美しきを革ジャンパーの若者の買ふ

伊里の海の交番脇の喫茶店に「なな」といふ名前の白き犬居り

はかなくも美しく燃え空に散る「はやぶさ」おかへり使命果して

去年のことはや忘れしと語りつつ夫と歩めり草もみぢの道

① 701-4302　瀬戸内市　② 唐琴短歌

この星に生れて

渋谷《しぶや》　友香《ともか》

耕せばいまだ冬眠の蛙出づ邪魔を詫びつつ埋めもどしやる

青き松白き砂浜はすでにして経済といふ大波に飲み込まれしや

姉からの宅配届くこと半世紀心もぎつしりと詰りてをりぬ

つゆくさの双葉あまりにかはゆくて引きそびれ畝を覆ひつくさる

全山を桜は染めて淡く濃く今この星に生れ在るは幸なり

深刻なる病抱へし友なれど前を向き笑ふこと教へらる

来る春を待ちわびて今残雪の森にたたずみ息深ぶかと

まほろばの夢を求めて飛鳥路は白梅かをるラジオウォーク

① 671-3232　宍粟市　② 三河短歌

かの地を思ふ

島田《しまだ》　鈴江《すずえ》

この日頃八十二歳が気になりて行くか行かぬか惑ふこと多し

熱湯をかぶりて大火傷せし夫は救急センター集中治療室に入る

三カ月後夫の体調良くなればわれに僅かな自由が戻る

真夏日の暑さを逃れ家にあればどこからか風の入り来て涼し

一日の束の間の空いたその時を何も気にせず手編みに没頭す

鮎いつぱい笑顔いつぱいの町にしようと孫らの画く絵が駅に貼らるる

坂道を歩けば孫の小さき手がわれの手を取り大丈夫かと聞く

今年またライラック・アカシアの季の来れば生れし平壌のかの地を思ふ

① 715-0004　井原市　② 龍

独り静かに

島本《しまもと》　美津子《みつこ》

唐突に春の嵐は窓を打ち老いの不安をかきたててゆく

離り住む娘は還暦の誕生日ひとり乾杯のワインと涙

ふる里の呉の銘酒の〈雨後の月〉広告欄に目ざとく見付ける

丘の上の一本杉のシルエット夜明けの空は童話めきおり

早朝の墓参の径の清しさよ見知らぬ人と頭下げ合う

夫逝きて短歌を支えの二十年吾も老いしと眼鏡拭きいつ

夕闇の迫り来る刻どくだみの花際立ちて庭の静寂

朝の卓に独り静かな息づかい紅茶の湯気が真っすぐ上がる

① 710-0043　倉敷市

今年はひとり

下村《しもむら》　とし《とし》

九十歳になりても夫は日毎問ふ「今日は診察に行かなくてもいいのか」

シャインマスカットみづみづしきを食みながら疑はざりし二人の明日を

老い二人の暮しの塵を雨の中に出して戻れば夫斃れをり

あまりにも静けき花の散り際と恨めしくさへ夫を思へり

殊のほか酔芙蓉の花が美しく咲いてゐますよ貴方が消えて

思ひきり今は泣かせてよはげましの言葉過ぎては劇薬となる

遅れてはならじ越えてはならじとぞ君に添ひ来し六十五年ああ

庭木摘む鋏の音をきゝながら春待つといへど今年はひとり

① 713-8121　倉敷市　② 龍　③ 月華抄・白華ふるさと

成りゆきまかせ

勝《しょう》瑞《ずい》　夫《ふ》己《き》子《こ》

「三猿」をきめこむこの頃窓の外の銀の満月を独り見てゐる

夕空を背にして立つる大桜その黒き梢に花の芽数多

「頑張る」の思ひはすでに消え失せぬ成りゆきまかせの我が余生なる

雛の顔なべて寂しげなる宵を山鳩が鳴く遠く近くに

寒風に吹かるる雲かと見上ぐれば薄氷の如き昼の月あり

饒舌にしてかつ優しき長の娘は高熱を押して今日も働く

妻も母も仕事も終へし八十三歳娘の荷にならぬやうに逝くべし

待ち合せに来ざりし亡夫の夢を子は「捨てられたのだ」と大笑ひする

① 701-1145　岡山市北区　② 龍　③ 青の季節

花と過ごす

白《しら》神《がみ》　勝《かつ》子《こ》

山吹の白きが風に揺るる見て形見となりし友を偲びぬ

鉄仙の蔓伸び伸びて迷えるを麻紐持ちて道を宛がう

紫の菖蒲の花柄摘みし時精一杯に咲きしを労らう

幾重にも紅き花びら揺がせて咲ける芍薬魔法のごとし

池の辺に白きカラーは凛として静かに我を癒してくれぬ

求めてた友に貰いし丁字草木陰に植えて居ごこちを問う

モネのごと描いてみたし我が庭を夢描きつつ花に水やる

おはようと命の息吹覚えつつ時を忘れて花と過しぬ

① 717-0506　真庭市　② 蒜山短歌

山の上の村に居て

新免《しんめん》　三代《みよ》

渋渋に峡の谷間を登り来て足は疲るれど優る爽やかさ

かく青き空の青さよ美作の嶺は広ごり緑広ごりて

すぐ傍を歩きてゐるに道なかの雉も雀もたぢろぎもせず

やつと掘る筍一本目こぼれか獣家族の裾分けなるか

喜選法師の「世をうぢ山」と詠む景は我が住む家に似てをかしかり

西日差し暮るる間際の木木の影峰峰までも跨ぐ黒影

一日中默し沈もる我が里に夕暮れ来ればほつほつ灯る

日の暮れて積雪多き山の上《へ》の我を案じて電話は頻りに

① 709-4213　美作市　② 吉野短歌

緑の絨毯

末宗《すえむね》　玲子《れいこ》

立春を待たずに咲けるおほいぬのふぐりを少し躊躇ひて抜く

雑草と見分けのつかぬ「ゴテジャ」の葉を虫はきつちり選んで食べをり

荒れ畑を目にせし友は草刈りを草狩りと書きて文を呉れたり

人間も獣も猛禽も雑草も幼い頃はみんなかはいい

雑草と言ふ名の草は無いと言ふ道理と思へどやはり雑草

枯らしたい笹は枯れずに育てたい紫陽花枯らす「ラウンドアップ」

名も知らぬ数多の草に覆はれて我が家の畑は緑の絨毯

両岸から次第に草の迫り来て畑は狭く狭くなりゆく

① 709-4236　美作市　② 龍

ひとりの日々に

末森《すえもり》　智子《ともこ》

春も闌け水の流れの細りたる川辺に降りて芹を摘みゆく

もぎ立てのトマトと胡瓜の香の立つを夕餉の菜に調理してをり

誘はれし旅をことわり草を引く梅雨間近かなる畑にひとり

来年も植うるが叶ふと信じつつ種子を採りおくロロン南瓜

台風に薙ぎ倒されし庭のコスモス両手に抱へ思案してをり

八十路すぎ漆芸をやめたる今もなほ漆の話に心趣く

吾が生活支へ来たりし漆道具埃に塗れてなほアトリエに

日暮早き中空に細き月見つつ落葉かき寄せ燃やす庭隅

① 701-1463　岡山市北区　② あすなろ・吉備短歌

ふんはり眠る

杉山《すぎやま》　幸子《さちこ》

夭折《えうせつ》の二文字ひたひた凍みるごと胸底にもつ電車ゆく音

聞きてほし顔むきあはせせつせつと湧く水のごときわれの思ひを

声になるその前の声　魂のためいきのごときを声として聞く

それぞれが日日を大事に生きなさいさう言ひたいんだね　風が冷たい

絶望に打ちのめされて大声に泣きし日ありて退院となる

泣きたきは泣き嬉しくば笑へばいいんだ今日晴れ上がる

水の面に日差しの銀にきらめけりもううたふまじ淋しいうたは

星ひとつ降りこしごとく生れし子よふんはり眠るちち飲みしあと

① 700-0804　岡山市北区　② 朔日

オリーブの山より

鈴木《すずき》　雄二《ゆうじ》

オリーブの山より望む島と海遠く屋島も家島も見ゆ

パルテノンの円柱のごとく立ちてあれ日比の丘なる「太郎煙突」

江戸の世の鞆の港の風情見せ石灯籠は水際に建つ

若木なる白木蓮に花五つ開きぬ白鳥の飛ぶがごとくに

池の端歩み来れば眼かひを翡翠が発つ矢を放つごと

白々と木香ばらかと思ふまで咲き盛りたり荒れ地の野ばら

朝床に仰ぐ青空に雲流るる今日は閑谷の楷の木を見む

良寛と貞心尼のごとき交はりに止めをかむか我の思ひは

① 709-0622　岡山市東区　② 龍

自然大好き

角南《すなみ》　三津ゑ《みつえ》

澄みわたる夜空に星を仰ぎ見るこの癖今も変らぬ不思議

「悩んだら空の青さに聞いてみる」他人の川柳だけど大好き

極まりて日毎開花する真紅の椿亡き夫植ゑしより半世紀過ぐ

丘一面紅白の梅咲き乱れ香に酔ひ称ふるは先人の功

川土手の枯草わけて頭出す上筆よがんばれ土手焼き終るに

黄水仙風に靡けるその様は秘めたる想ひのさゆらぐごとし

乱れ咲くしやこばサボテン独り居にも未だ未だ命燃やして生きよと

見返れば八十六年生き来しを短歌に詠み得しこの幸せよ

① 美作市　② 龍

男は誇り高きもの

角《すみ》　利津《りつ》

足早に過ぐる月日に喘ぎつつも店守り生くるはわが撰択ぞ

ふと話す言葉は夫に届かざり独り言とせむ空しさ残れど

ががんぼになつてしまうたと言ふ夫としわくちやになつてしまうたわたし

「エアコン」の消し忘れなど咎めまじ男は誇り高きものにてあれば

お互ひに裡なるものを知り尽くし諍ひもなく日日は過ぎゆく

義兄弟の集ふ法事のもてなしに老いたるわれが「嫁」と化りゆく

玉の緒の永き血筋は絶えずして十二代目を夫は生き継ぐ

肩書きは持たず夫より前へ出ずわれは老いたり父の教へに

① 707-0041　美作市　② 龍

米寿迎ふる

妹藤《せとう》　艶子《つやこ》

此れからもひと日一日を大切に生きむ今年は米寿迎ふる

如月の短歌の会に寄る九人旅の土産が机上に並ぶ

あと何度三寒四温繰り返す庭の椿の蕾ふくらむ

敬老会われも余興のコーラスを笑顔にうたふ踏ん張りうたふ

舞台に立ち緊張してゐる部員らに笑顔に唄へと師は言ひつづく

東京の息子の家族の揃ひ来る初の曽孫を吾に見せむと

雅清君ばあばの抱つこにワアーと泣きママに渡せばバイバイをする

短かくも長くとも思ふ歳月よ十二月二十一日吾が誕生日

① 新見市　② 沃野

傘寿を生きて

瀬島《せじま》　淑江《よしえ》

朝毎に老ゆる己を口にする夫を励ます我もまた老ゆ

白粥は温し七草の色冴えて老い二人なる朝の食卓

見つけたるたつた一つの蕗の臺を分けあひて食む老いの夕餉よ

黒豆は不作なれども黙黙と収穫せし夫に熱き茶入れ遣る

我が着て娘が着にし晴れ着なり新春に孫は着て笑みゐるも

帯締めを若草色にしめかへて鏡にうなづく春小袖よし

国民の声に耳ふさぐ安倍首相よ主権はいまや誰の手にある

国民の支持なきことを知りつつも押し切る与党よそは民主主義か

① 709-4332　勝田郡

羽搏きゆけかし

関内《せきうち》　惇《じゅん》

一族の集へる機会は今日のみか孫の結婚式に相集ひたり

腕を組む新郎新婦の入場に拍手湧きたり涙零れたり

歩みくる新郎新婦に祝福の数多の花びら舞ひに舞ふなり

勉強の苦手でありし新郎の披露しゐるはクラリネットぞ

間違へず挨拶終へし新郎に拍手を送りつ精一ぱいに

縁《えにし》ありて今日結ばれし男の孫よ浜の真砂の数ほど祝がむ

浜松の常磐の松の緑とも真幸くあれこそ二人の門出

天翔る丹頂としも飛べよかし望みを抱きて羽搏きゆけかし

① 709-4211　美作市　② 龍　③ 消し難くあり・わが生のうへ

江戸風鈴

田中《たなか》　美代子《みよこ》

「あまつ風」の歌の書かれし筆立てを頂く初春縁起の良ろし

春陽さす城山の丘を三拍子のリズムで歩く歩幅も広く

新しきスタンドの灯の明かるさに読み書きしてをり雨の日も良し

樫の実の独りのわれに友の呉れし江戸風鈴の音の涼しさ

退職後青春切符で旅する娘が残暑見舞を小樽から寄越す

主婦二年目の孫より届きし西京漬「京のおと」の便利さ旨さ

原発の事故にて避難せる人らの「ふるさと」の合唱聴きつつ涙す

お隣より搗きたての餅を頂きぬ一人暮らしも独りではない

① 701-0304　都窪郡　② 龍　③ にはたづみ

ひと時を

田中《たなか》　睦子《むつこ》

雨音を聞きつつ入るる珈琲は匂ひも温し花冷えの朝

朝日射し輝く水面に舞ふ雪がたまゆら止まりて花片と化る

白山吹の名残りの一つが発ちゆきぬ梅雨の晴れ間の青き空指し

梔子の白花浮き出づ庭隅のほのかに明かりて雨にかをりて

根まで届く洞を抱くも今年また大輪数多に泰山木咲く

伯母逝きぬ夏の終りの暑き日につくつく法師の声しきりなり

夏が去り静かに秋の匂ひして茗荷の花の浅黄がそよぐ

窓の外にかさりと響く音たてて楓か散るらし風なき午後を

① 708-1223　津山市　② 鶴山短歌

幼日恋し

田邊《たなべ》　宏子《ひろこ》

「母です」と姪と現れし車椅子の人が妹？東京に病む

「久美ちゃん」と名を呼びわれを名乗りつつきよとんと見てゐる肩を抱き寄す

料理番組観ながら取りし朝の受話器東京ゆ妹の訃報が届く

くぐむ声いつしか明るき早口になりゆく東京の姪よりの伝言

押し黙りことの経緯聞きしあと先づ礼を言ふ姪の労苦に

怪我押して計画通り妹を見舞ひし彼の日ありあり浮かぶ

きやうだいが多くて母を一人占め出きずに育ちし幼日恋し

みんなみんな母が一番好きだった貧しき家のきやうだいしまい

① 701-1213　岡山市北区　② 一宮短歌

折り折りの歌

田淵《たふち》　昭江《てるえ》

白居易が名づけ親とふ紫陽花の咲きみちてゐむ西湖のあたり

築城ゆ三百年祭に今日を来て彌生ついたち天気晴朗（後楽園）

梅が香のほのかに匂ふ梅林をひとりめぐるも今日のしあはせ

初取りのそら豆茹でて食べてみる美味し美味しと今日は母の日

法然の杖の根付きしてふ大銀杏九百年の時空を見つむ

「山陽」も此処にて茶山に学びたり備後神辺廉塾の跡

菅茶山儒学を講じし廉塾の手水は方と円とに張りき

蹲の水を飲まむとくる小鳥時時黄色の嘴をあぐ

① 苫田郡　② かがみ野短歌　③ 歳月の彩・香々美川

旅

田村《たむら》　敬子《けいこ》

汽車を待つ我の頭に触るるがに燕とびかふふるさとの駅

信号よし・ポイントよしと運転士の声若々しき初夏の電車

「広電」のドアが開けば一陣の海のにほひの風が吹き入る

新型の電車行き交ふ「ヒロシマ」の街に青葉の翳はふかかり

遠足の児らと乗り合ふ雨の日の一両列車は水族館に似る

乗り合はす縁のありてゆれながら飴玉ひとつに話がつづく

寝不足の紳士・淑女が生徒らが眠る眠るよ朝の「ひかり」に

かろやかなる「いい日旅立ち」を聞きながら座席にひとりの旅人となる

① 707-0062　美作市　② 龍

掌を合わす

多田《ただ》　久子《ひさこ》

八方へ光の筋を放つ満月《つき》中天にありただ掌を合わす

山並をすっぽり包む朝靄に〈水の器〉とう地球諾う

追い焚きの湯に両足を伸ばしつつ梢を焼べくれし母を偲ぶも

産院に会いし女孫の黒き瞳　輝き続けと祈る元旦

嬰児をベビーカーに乗せ散歩する〈いくじい〉と遇う今日は二人目

義母の名の清とう文字のすばらしさ逝きたる後に識る雪の朝

春草の「黒き猫」の毛つやつやと生きているかに温もりを持つ

賞品の焼き芋を手に帰りゆくグランドゴルフの仲間の笑顔

① 709-0876　岡山市東区　② からたち

昭和のおみな

高槻《たかつき》　昭子《あきこ》

まいまいの赤子の様な補聴器を耳におさめて一日はじまる

いささかの嘘も妥協も呑みこみて我が道をゆく卒寿の女

来年も在ると信じて防寒着まとめて出しぬクリーニングに

在りし日の夫をのせし車椅子押して旅する夢の中にて

つま先で池に石ころけとばして不発の言葉ドボンと捨てぬ

我が心言葉となして紙にのせ転がし丸め歌として詠む

わが愚痴を優しく聞きてくれし人おくやみ欄に百歳とある

衣替え勿体ないと捨てられず思い出たたむ昭和一桁

① 710-1304　倉敷市　② まきび短歌

四季折々に

高取《たかとり》　尚子《ひさこ》

降り積る雪に戸惑ひ三週間節分も立春も暗く過ぎゆく

福寿草咲く筈の庭に雪深く掻くに追はるる足腰痛し

初ものの分葱に田舎味噌添へて独り暮しの友をおとなふ

白桃の汁をたらして食みゐたる夫の仕種の残る縁側

斯くばかり星の流るるときありて心《しん》から寂しき夜が更けてゆく

初鳴きの鈴虫とほる窓を開けひとりに惜しき星空仰ぐ

女郎蜘蛛に捕へられたる蟷螂を救ひやりしが今日の善行

「死ぬならば十月中の頃よし」とからから笑ひし友も逝きたり

① 708-1321　勝田郡　② 地中海

確かなもの

髙森《たかもり》　倫子《みちこ》

一歳の孫の美月が声をあぐ桜ふぶきの中を行くとき

二週間の孫との暮らしはまさにまさに真夏の夜の夢たちまちに過ぐ

二歳なる孫が「知らん」と言ひ放つ大いに結構反抗すべし

根気強く二歳の子供に言ひ聞かす娘は厳しい母の顔して

細かいことに気が付く夫よ遠く住む孫が幸か不幸かあなたに似てゐる

連れ合ひや子を伴うて帰省せし子らと酌み交はすビールが旨い

こんな風に子を抱いた日も遠くなり薔薇のひと鉢を抱へて戻る

生きて来た証と思ふ夫や子や孫に囲まれこの後もなほ

① 714-0043　笠岡市　② 龍

いやさるる

宅美《たくみ》　とみ子《こ》

泣き顔も又それぞれの絵となるに幼と居るは飽く事のなし

会ふ度に一つ二つと言葉増し語り寄り来る二歳の曽孫

子供の頃ひととき漢字の名前には憧れをりき平仮名の我

診察終へ異常のなしを知らされてほつとするなりまだまだ生きな

楽しき日はあつと言ふ間に過ぎゆきて老二人今日も暮れゆかむとす

一歳から八十八歳まで十人も寄りて餅つきす良き年にならむ

わが部屋の障子に差し来る初日光共に歩まむ新しき年

平手打ち挙一つも猿めらに食らはせたかり屋根雨樋壊すに

① 679-5227　佐用郡　② 龍・三河短歌

温羅はやさしき青年だった

竹井《たけい》　可珠美《かすみ》

寒風をつきて軌跡をめぐりゆく温羅の忌日は今日ぞと思ひ

此処に立ち命の矢をば受けたるか矢喰宮の岩も古りたり

鬼城山の林の中にゆらゆらと動く影あり温羅の霊かも

新年の羊歯の葉の色あをあをと千年昔の風吹く気配す

鬼と呼ばれ吉備の冠者《くわじゃ》とも呼ばれたる温羅よあなたは今何処なる

最愛の妻に御食《みけ》をば炊かしめて民《たみ》の為にと今も占ふ

吉備の冠者と呼ばれて吉備に製鉄を広めし温羅に「鬼鐡」を捧ぐ

温羅の軌跡たどりてわが意強うせり「温羅はやさしき青年だった」と

① 719-1155　総社市　② 龍　③ 水の記憶・紫陽花まで

風の匂ひ

武田《たけだ》　妙子《たえこ》

春浅き通仙園を歩みをれば芽吹きが匂ひ潮風が匂ふ

朝凪ぎに下津井沖の海青し釣り船が行き潮の匂ひす

咲き盛る水仙の香届けたく霜柱の道を墓に詣でぬ

木漏れ日とかすかな風を受けて咲くクリスマスローズは俯きながら

早朝の強き雨たちまち去りゆきて梔子の花一段と白し

法輪寺の朝の勤行の冷たさよ灯明さへも揺らぐことなき

初春の大歌舞伎にて市川染五郎の踊る「三番叟」を見たり現に

掛けてゐる眼鏡を探す仕儀となり老いの不安は笑ひでごまかす

① 710-1101　倉敷市　② 龍

旅　夫と共に

立木《たちき》　登世《とせ》

月山の温原に鳴る法螺貝の音山伏の白き一列がゆく

八合目の湿原は木の遊歩道にて濃紫色の竜胆が咲く

指を差し「あれが鳥海山」と誰か云ふ雲が流れて瞬時に見えたり

出羽三山社の大釣鐘を見上げて思ふ除夜のこの鐘をいく度聞きしか

犬狹りのトンネル越せば白一色雪が布団のごとく家抱く

わが寺の大泰山木の花が咲き〝杭洲〟街路樹も香りてゐるや

ハネムーンの人等に交り夫と吾手を繋ぎ歩くマドリードの町

くがい草茶室に活けて亡夫を想ふ伊吹山の青空見渡す下界

① 716-0008　高梁市　② 龍

メ　モ

谷《たに》　季用充《きよみ》

韓国の歴史ドラマは男女倶に不遇・忍難・成功を好く

「朱蒙」は高句麗の始祖。贈り名はＢＣ神話の東明聖王

当り役のソン・イルグクは韓国の品格のある名門の出よ

実話劇「野人時代」の主人公、キム・ドゥハンはイルグクの祖父

イルグクの母は役者のキム・ウルトにっぽんにては大方無名

「輝くか、狂うか」の劇、中原の闘う刺客は忍びの如し

我が国の忍びの記録は『日本書紀』新羅のスパイの和語の窺見か

日本の忍者の熟語の定着は昭和三十年代らしも

① 700-0867　岡山市北区　② からたち　③ 谷季用充作品集（電子版）

初夏の訪れ

谷川《たにかわ》　敬代《たかよ》

頭島の白き館に瀬戸内の碧き海から風の注ぎ入る

キリシタンの流人の今は無人島緑の木々に桜の花咲く

牛窓の山間走り山桜散れば桃色の山躑躅咲く

中国山脈の峰に白雲の過ぎゆく陰を映すも早し

長門の山道行けば「プーチン」の訪れし頃は検問厳し

田植機を操る人の背中をば遠くに見ている夕暮れの時

雨蛙吾の気配に目が合へばくるりと背を向け動かずにゐる

曇る日に白雲出でて夕空の梅雨の晴れ間に蝙蝠が飛ぶ

① 710-0803　倉敷市　② 龍

春

谷名《たにな》　保美《やすみ》

海面に光の道をつくりつつ海のむかうに沈む日輪

この夜半誘ひくるる者ありて窓より中天に満月を見つ

池の上をすいすい飛べる蜻蛉は忘れざらめや水蠆《やご》でありし日

まつさきに春の立ちくる匂ひもち咲き盛りをり沈丁花の花

かをりなき椿なれども名をもてばその名に似合ふ薫りたちくる

すさびゐし杜もいつしか色めきて古刹の闇のみどり深まる

わが家に悪戯ずきの神住みて眼鏡隠され捜してをりぬ

岩の上をさらさら滑り落つる水山の神よりとどく聖水か

① 708-0805　津山市　② 鶴山短歌

風の便り

谷本《たにもと》　史子《ふみこ》

ふくらかな鳥の二三羽あそびゐるこれの野辺より春は来るらし

花の咲く気配を感じ見上ぐれば空にかすかに揺るる合歓の花

流るることなき池の水が風吹けばその面に小さく波を立たせる

ガード下の自転車を二台巻き込みて蔦のかづらは空《くう》にそよぎをり

「マッチ箱」と呼ばれし汽車で見送りしがそののち風の便りもあらず

このものは地獄の底まで延びると言ひ嫗が杉菜の根を掘りてゐる

耳聡くなるもさびしく窓を開け暁の雨を独り見てをり

冷え冷えと霜をかかふるうまごやしの音をたのしみわが踏みあそぶ

① 714-0007　笠岡市　② 龍　③ 樟葉の杜・川をわたつて

雲が湧く

丹原《たんばら》　真理子《まりこ》

数百本の花咲く桃の木に守られて眠る腹では胎児が遊ぶ

障害を持ちて生《あ》れ来し吾子を抱きひたすら光に向きて歩まむ

声を出すことが本当に楽しさうなり腹の底から子は「ああ」と言ふ

白き腹を見せて燕がひるがへり吾子の心臓手術が迫る

つばくろの飛び交ふ空のはるかに上を巨大なる鳥が悠悠とゆく

八月の燕は高く速く飛び竜之口山を越えてゆきたり

生まれ出でて三度目の夏子が急に目を輝かせ這ひ始めたり

西からの雲の流れの速き日なり吉備の中山が雲を湧き立たす

① 701-1205　岡山市北区　② 龍

旅の抄録

堤《つつみ》　佳子《よしこ》

行きつくより他に術なし揺れ止まぬかずら橋渡る人らに従きて

紀元杉に寄りて仰げば樹の間より太古に続く澄みし青空

騎馬像の正宗の肩に赤とんぼ前世の使者のごとも密けし

表から仰ぐ磐梯穏しきに裏より見たる姿烈しき

老松のしんと枝張る切り岸に砕けて白し五浦の海

〈出女〉の哀しき覚悟を想いつつ新井関跡に享くる柔き陽

八峰の紅葉に囲まれ恐山はしずかに時の流れいるらし

潮待ちのいにしえ人の呟きや雁木にひたひた鞆の浦波

① 709-0631　岡山市東区　② からたち

八十路

綱島《つなしま》　和代《かずよ》

群がりて吾が前過ぎりゆく蜻蛉今し入日に翅を染めつつ

もの言ふも足の運びも緩やかになりて八十路の坂を越えゆく

病みてより手指の震への止まらぬを心しづめてボールペン握る

電動カートの吾にまつはり蜻蛉ひとつ小さき坂を共に下りぬ

手の窪の錠剤幾種かのみ終へて日課となりし今日のはじまる

新築の仏間に今宵燈明のゆらぎて孫子らと安らぎてゐる

九十歳の姉の画きたる賀状来るとさかも朱く酉年祝ぎて

年毎に増えゆく前山のやま桜うららにけぶりしらじらと照る

① 719-1162　総社市　② 吉備の里

故郷

綱島《つなしま》　蔦恵《つたえ》

蹲踞に八つ手の花のこぼれゐし生家を想ふ庭の八つ手に

故郷は過疎となりしか四キロの山路登るも会ふ人もなし

このあたり山田ありしと杉林の中を通りて故郷へ行く

ライト受け六つの眼光りたり里への夜道に鹿が三頭

長閑なる里への山路も夜となれば獣行き交ふ道となるなり

法要の読経の間に間に鶯の声が飛び交ふ此処は故郷

眼裏に姉の餌まく姿顕つ人住まぬ家の泉水の鯉に

雲海を見し山頂の故郷よ今われは住む霧の「梶並川」辺に

① 美作市　② 龍

野の道

寺尾《てらお》　妙子《たえこ》

「曲つとる」わが背をポンと叩きたる亡き夫と歩みし草萌ゆる道

こんにちは　つくしんぼさんたんぽぽさん今日はわたしの誕生日です

「元気だね」人に言はれて腰を伸ばし歩幅ひろげて歩む野の径

花花流るる果に何あらむしばらくは流れに沿ひて歩みぬ

自らの杖につまづく畑の径人は居らねど鴉が見てゐた

杖を突くわたしに従き来し草の絮私が止まればふはふはと行く

ここ迄が我が歩み得る限界と橋脚を洗ふ水音に立つ

しきたりを守るも老のたのしみと人影のなき野に菖蒲摘む

① 704-8196　岡山市東区　② 地中海　③ 木ささげの家

鷺草

寺坂《てらさか》　芳子《よしこ》

氷点下の明け暮れのなか神の業心窓覆ふ霜の結晶

笑顔にて平気ですよといひ乍ら心極限吊り橋の上

生享くるそのこと事態綱渡り吹く風任せ命の雫

心ありて生れ生れ生れぬ喜怒哀諦死に死に死にて輪廻は続く

方舟を探せど裡にこそあらむ天災人災人を選ばぬ

幾星霜裡なる軋みふり返る発する青き一途の光

森邃き湖沼のほとり鷺草の飛翔を遂げむ星の光に

今少し今少しとぞ鑿をあて輝きそめしわれの観音

① 708-1206　津山市　② 水甕　③ 命の泉

この目で見たく

寺田《てらだ》　和子《かずこ》

初詣で手にしたおみくじ中吉なり願い叶うの文字浮きて見ゆ

今年も同じ願いごとする初詣で平和のかすむ動き憂いて

早朝の桜公園は薄紅に花びら積もりて一歩も歩めず

ろう梅に続きて椿・紅梅と庭華やぎてわれも浮き立つ

今生の最後かと決意のドイツ旅ナチの負の歴史この目で見たく

負の歴史忘れてならじと子らに継ぐドイツ国民の姿勢に学ぶ

雨音に法要の誦経ひびきあう音を愛した甥にふさわし

手をつなぎ薄の土手を散歩する老夫婦の背に夕日やさしき

① 701-1211　岡山市北区　② からたち

母子草

土井《どい》　つゆ子《こ》

老い母が「畑の草が気になる」と炬燵の中で春を待ちをり

リハビリが楽しみなるか老い母は今朝もはや起きおめかししをり

ペタペタとスリッパの音軽やかよ母のリハビリ効果現はれ

未年をめでたく迎へし老い母は卒寿となりぬ祝ひをせねば

梅取りに夢中の母を気遣ふも転ばぬやうに怪我せぬやうにと

田圃まで母を迎へに行くのは日課飛びつく「ココ」に母はたぢにぢ

柚子味噌があれば「御飯が進むよ」と老い母が言ふ柚子を買はねば

病室にハロウィン用の南京を二つ飾れば老い母笑ふ

① 679-5225　佐用郡　② 龍

ジャングルの間

時岡《ときおか》　静子《しずこ》

コスモスのジャングルの間を巧みにも翻りゆくは零戦ならずや

楽器弾きまた叩く役のロボット等決してあのボタン押してはならぬ

叩くなら背骨をたたけマスコミよ梅雨入り宣言地下街にて聞く

失望が梅雨空のやうに広ごればテレビを切りて庭に出で来つ

牛窓の監視哨の跡知りたしと検索重ぬる熱帯夜なり

涸れ涸れの花の首刎ねしその刹那紫陽花は颯《さ》とにほひ放てり

猫一匹留守居をさせて「野火」見むと秋雨ながら街に出で来つ

「野火」のシーン記憶すまじと振りはらひ振りはらひ帰る駅までの路

① 701-4223　瀬戸内市　② 短歌人

庭の風景

德田《とくだ》　国子《くにこ》

蹲ひに水のみに来る鳥のため氷を割りておく大寒の朝

野良猫の太つた黒もわが庭の正月三日は日溜りの中

親猫と仔猫が順番に隣家の屋根をつたひてわが庭に来る

立春過ぎて庭の木に来るは何鳥ぞ朝々小さく鳴きて去ぬる

鶯の声春蟬の鳴く声もしきりに新緑の中よりきこゆ

擬宝珠の花にもぐりし一匹の蜂がかそかに唸りてをりぬ

午後の雨あがれば庭のいちはつも白清々と咲きいでにけり

雨に濡るる庭の石を眺めつつ日の暮れ方の冷えをいふなり

① 716-0009　髙梁市　② 龍

何はなくとも

徳野《とくの》　富美子《とみこ》

何なくも小春日和に包まるるは最大限の喜びと畏敬

立てかけし傘が落とせし花片は昨夜の宴の我への土産か

還暦に古稀に喜寿ゐて卒寿まで花の下にてハーモニカの合奏

古稀過ぎて我の哲学何ぞやと問ふてもみるも淡雪にも似る

田の水に朝の日差し来て耀けり苗植ゑらるるを心待つ我

母としも我を育てし姉なれど訪へば笑みつつ塗絵をしをり

入居先の減塩料理の不服を言ふ無口の姉が饒舌となり

元気なる孫が唐突に攻め上ぐる声にわが耳両手で塞ぐ

① 708-0004　津山市　② 鶴山短歌

追　憶

徳山《とくやま》　美津子《みつこ》

御霊屋に報告すなり家継ぐ子は無事に停年退職せりと

年老いて独り暮らしの吾を看ると息子が同居決意言ひ出づ

昭和六年築の古家のリフォームを子は思ひ立つ吾が余生にと

改装工事五ケ月振り成り吉日を選びて子らと母屋に引つ越す

雪に籠り追憶にひたるは七十年前婚礼の夜の円居の事ども

婚礼の後の円居に若き姑は唄ひたまひきグノーのセレナーデ

浅草に通ひ覚えし田谷力三のボッカチオの歌舅は唄ひぬ

白雪の大山蒜山一望の里人羨しと来客の言ふ

① 717-0612　真庭市　② 蒜山短歌・窓日

一年の景

豊田《とよだ》　絢子《あやこ》

積りたる枯葉かき分け水仙は天空に向きすくと伸びをり

夕されば田に鳴き初むる赤蛙春の寒さに声ほそぼそと

夕暮るる野原に数多の蒲公英が黄の花閉ぢて静もりてをり

夏の雲連なる山を踏み台に大きく高く今し広ごる

秋の畑に夕さりくれば闇せまり耕すわれの影をのみこむ

吹くたびに凪は木の葉を落し去るただぼんやりと立ちゐる木々の

枯尾花は霜置く野原に静もりてただしらじらと俯きてをり

野も山も天地の境もなくなりて今山里は雪にうづみて

① 709-4254　美作市　② 吉野短歌

薄氷とけて

豊田《とよだ》　一枝《かずえ》

たつたつたしゆらしゆらざわわぽとぽとと人らは降りゆく田舎の駅舎

目に入る緑はグレーに相和して都心に近づく「のぞみ68号」

白日傘揺らして渡る鴨川の敷石キラリと夏日をはねる

九体の阿弥陀如来に見守られ池の泥鯉ゆるりとターンす

さくら、ふじ、躑躅にあふちに栗の花咲き継ぐ里に合歓の花開く

開く時大き音すやとふと思ふ泰山木の花数へつつ

遠き日の語れぬ恋のエピローグ場面に隠岐の砂浜つづく

三人の日と書く春の字をなぞり薄氷とけゆく日射し待ちをり

① 701-4302　瀬戸内市　② 唐琴短歌

回　想

豊福《とよふく》　一美《かずみ》

青春にスクリーン一杯見し「ベンハー」今宵は部屋にてテレビで観賞

若き日の夫との出会ひクローバーの四つ葉見つけし土手をば思ふ

我が夫婦老いなど思ふはまだ先と気づけば八十と七十五歳

運転の免許を持たぬ我なれば夫の横にて半世紀を過ぐ

車好きの夫の若き日は「モナーク」で高齢の今は軽自動車も良しと

我が地区に落石事故のありたりて多くの車輌が自家の前行き交ふ

男孫との近況「スマホ」で交信すれば横の絵文字に笑ひを誘はる

馴染なる歯科医院の女性が「六月までよ」と言ふ何故かと問ふに「お嫁に行きますよ」と

① 701-2603　美作市　② 英田短歌

冥利に尽くる

豊福《とよふく》　恭子《やすこ》

あらたまの年を迎へし米寿われ山河草木かがやきて見ゆ

初春の青空味方に打つ球はすぽつすぽつとホールインワン

鶯の声こぼれ来る家に嫁し冥利に尽くる六十六年

早苗田の水を僅かに窪ませていと軽やかに水澄まし回る

花の上に花重なりてくれなゐに石楠花つつじ我を富ましむ

ゆさゆさとゆるる垂穂の間より連凧のごと雀とび立つ

愛などと言はずもがなの老い二人喜怒哀楽の六十六年

栴檀の花を煙《けぶ》らせ降る雨に一斉に鳴く植田の蛙

① 701-2603　美作市　② 英田短歌

房総館山の海

鳥形《とりがた》　たつ江《え》

雪降らず霜もおりざる館山は我が生まれし里にてありけり

白波の寄せては騒ぐ館山のあの防波堤に今一度立ちたし

防波堤に当たりて砕くる荒波の飛沫は滝のごとくに落つる

名郷浦の浜辺に寄する白波は今も変はらぬ波佐間の海よ

故郷のどこまでも続く浜に来て二人で書きし恋の一文字

冬の海汀に寄する波の泡風に吹かれて散りては流る

妹より送りて来たる新若布潮の香りと里の匂ひと

早き春光の中にて揺れ動く菜の花染むる房総の夕日

① 美作市　② 能登香短歌

清水飲む如

名部《なべ》　みどり

やさしき声にゴンドラの席で胸ふるふ神戸空港つくりし人らに

卒寿なれど学ぶは宝に会ふ如しと地下足袋のまま来りぬ我は

ほのぬくき手作り弁当が目にとまり都の人らとうた人の会

大失敗して又一つ若くなり靴はきかへし如く坂登りゆく

会場にはちきれる声響ききて子供歌舞伎に座りなほしぬ

座りこみ肩の高さに土寄せる三十糎の白葱になれよと

心地よきエンジンの音響き出し置き去りにせし防除機丁寧にふく

日なたなる裸木の山に登り来て風を吸ふなり清水飲む如

① 709-4205　美作市　② 能登香短歌

満月を眺む

那須《なす》　恒子《つねこ》

元旦の円居の膳に薄日差し穏やかに集うからの笑顔

芝焼きて雑草生える裏庭に近づく春を一人待ちおり

朝の床に朝刊届く音のして雨降る道をバイク遠のく

挿し木して四十年の紅バラは風にゆれつつ花びら散らす

足わろきわれが植えたるトマトなり朝な夕なに見つつたのしむ

見送れば角曲がるとき手を上げる息子のしぐさよ亡夫と重なる

八十歳すぎても母は恋しくて幼なの頃のうつし絵みつむ

厨辺の窓より満月眺むるは独りのたつきの充実の時

① 710-0043　倉敷市

緋牡丹

奈良崎《ならざき》　俊子《としこ》

明日よりは今日がたしかで今日よりは昨日がたしか　牡丹見にゆく
会釈してわかれし人にまた出逢ふ「洛陽紅」とう緋牡丹のまえ
火を抱《いだ》くこころ知りたし緋牡丹の一つをそつと身に引き寄せて
ぼうたんの花に貫ひし力もて繰り返し読む『イスラムの謎』
シベリアに英霊五万韃靼海峡渡りし蝶の行方知られず
朝《あした》より烈しき風に揉まれゐる風見の鶏は海を見たがる
木斛の木だよと指さし給ひたり遠き記憶の中の濃みどり
うち笑みてうちの古墳と言ひましし人逝きて墳丘ただに万緑

① 710-1221　岡山市北区　② 一宮短歌　③「山項光《モルゲンロート》」

初　夏

内藤《ないとう》　慶子《けいこ》

笹百合の蕾五本を活け観ればふんだんに咲きし昭和を想ふ
日脚伸び夕焼けの歌を聞きながら畑の草抜き一踏ん張りす
青空にゆらゆら泳ぐ鯉幟村の子供を見守りにつつ
運転しつつ鯉幟の曲を聞きをれば若葉に泳ぐ鯉のぼり見ゆ
田植終へ帰る山路のすぐ側にひつそり一輪笹百合の花
朝夕に何処へ行きても聞こえ来る時鳥の声録音の如し
赤紫蘇の芽がしつかりと伸びて来て間引きながらも縮み葉残す
マーガレットの種子蒔きてより五十年花壇や岸にも子孫はびこる

① 709-4203　美作市　② 能登香短歌

娘の笑顔に支へられて

内藤《ないとう》　幹江《みきえ》

順調との妊婦検診終へし娘のメール届けば疲れ吹き飛ぶ

娘と孫を休まさむ部屋整へつつお産の無事をひたすら念ず

念願の叶ひて授かりし己が子を抱く娘の笑顔安けし

日に幾度も立ちて眺めぬ完成のま近き厨に木の香の匂ふ

どこまでも青く澄みたる空仰ぐ空港閉鎖に足止めされゐて（プラハにて）

雨を待つ畑の野菜を想ひつつ旅の宿にて雨音を聞く

遺稿集の校正しつつ偲びをり短歌に現はるる叔母の人生を

壇上にタクト振り終へて緊張のやうやく溶けゆく拍手のなかに

① 701-2224　赤磐市　② 赤坂短歌

今が一番

中川《なかがわ》　慶子《けいこ》

デパートに傘寿と古希の姉妹互いに気遣いしばし楽しむ

見舞にと姉が手編みの布草履赤き鼻緒に思い溢るる

夏色のカバーに替えて亡夫を呼ぶ「どうですかコーヒーは」三時の空白

夏草を払い分け入る墓掃除寡黙な息子に羽黒トンボ寄る

向い合い夕餉を楽しむ息子居る今が一番幸せならむ

晴れた日は話し相手の無きわれに小鳥が飛び来て囀りくれる

発病より三度日の春迎えたる有難さあり風に吹かれる

おくやみ欄の同年齢者を凝視するせめて生きたし平均寿命を

① 岡山市東区　② からたち

春寂寥

中島《なかしま》　義雄《よしお》

紅を差す明日はなからむ妻の唇《くち》に立春の日の水滴らす

一枝の花見て足りて眠る妻へ今年ばかりの春は逝くなり

春の透く水汲みてきて加湿器に注ぎたり蒼白き頬を潤せ

落ちしボタン持て来よ着けてやると言ふ夢の続きの手を憐れみぬ

浮腫重き背にまだ残る感覚か蓮華咲く野に転びしを言ふ

しばしばも吾が見る夢は亡き母に事習ふ妻が涙ぐむさま

指歪むまでに働きし遠き日を言ふこともなき爪切りてやる

羽音なき蝶のごとくに妻は去り梅雨昏き下に枇杷は熟れたり

① 709-3602　久米郡　② 地中海・星雲　③ 銀霜日記・砂丘幻聴

少年のいのち

中塚《なかつか》　節子《せつこ》

少年の顔が流れに浮き沈む凍りつくやうなきさらぎの夜

厳寒の多摩川の水冷たかろ傷つけられし身に沁みる水

たつたひとつしかないいのちが夜の闇に消えてしまつた少年のいのち

わたしにも十三歳のリョウがゐていまだ小さき姿かさなる

くりかへしバスケのシュートをしてゐたる少年の姿の浮かぶ公園

隠岐にゐたならばその死はなかりしと遠住む他人のわれが眠れぬ

バスケットを教へてくれし隠岐の師や友よリョウ君が今帰つてきたよ

いつにても寄りて休めるシェルターのやうな子どもの部屋作りたし

① 703-8235　岡山市中区　② 朔日　③ 海の窓

庭の四季

中塚《なかつか》　白蘭《びゃくらん》

草萌えて梅の蕾も萌えいでてわが家の庭に春をよびけり

梅の香にさそはれ来しか目白一羽漫ろにあそぶその羽根の色

降りみ降らずみの雨をふくみ垂れて咲きゐる紫陽花の花

一夜あけ木々の緑は洗はれて吹く風と共に暑さは去りぬ

わが庭で小鳥らは秋の運動会元気に泣きつつ飛びかひてをり

吾が家で義妹の育てし葉牡丹が霜にあたりてなほあざやかなり

寝ころべば茜の空を背にしつつひつそりとたつは水木の裸木

寒きなか莟をほどきし臘梅が濃き黄の色をふるはせてをり

① 710-0831　倉敷市　② 龍

つぐみ

中西《なかにし》　清《きよし》

山本君より送りて来たるデンドロビュームわが家の玄関にでんと据ゑたり

「きよちゃん」と呼びくるる人がこの世にはもうをらぬのか誰かをらぬか

息子夫婦と孫ふたり妻もゐていつのまにやら九十歳となる

ぢいちゃんとぼくのかくれ場に今日も来ぬ背よりも高き菜の花のなか

風生るれば風にもすなほに揺れてゐる庭のねぢ花のピンクの花は

九十歳のわれが花束を持ちをればいくらか付加価値つきてをらむか

わたしにも若い時代はありました七十年ほど前のことです

礼服をきちりと着たる新郎のやうなるつぐみがわが田に下りたつ

① 702-8026　岡山市南区　② 龍

母を想ふ

中原《なかはら》　寿恵《ひさえ》

白寿なる母の小さき手を取りて過ぎ来し方を想へば重し

病床の母と過ごせる一時の楽しくもあり悲しくもあり

母の待つ医院へ急ぐ昼下り赤きベゴニアの花を携へ

満月の皓々と輝る夜半に聞く受話器の声を現かと思ふ

安らかなる母の眠りにとこしへの別れ悲しく白菊を添ふ

逝きましし母の愛でゐしトレニアの紫の花が万と揺れをり

父逝きて七十年か残されし母の過ぎ来しに思ひを馳する

若き日に母の書きたる仮名文字の細き筆跡指になぞりぬ

① 701-2521 赤磐市　② 赤北短歌

偕老の日々

中村《なかむら》　千州代《ちずよ》

夢ならず現にありぬ両腕を孫らににぎられ眠る正月

せき込めば早そばに来てなで呉るる「風香」よ宝ぞ命よと言はむ

川石を鶺鴒のごとく飛び渡る「信也」の成長眩しく頼もし

赤ちゃんの「バンザイ」をして眠りゐる八十翁とて始めは赤ちゃん

野に満つる春日のごとき言の葉をも一度かけたし父にも母にも

今はもうまみゆる事も叶はざる父よ母よと日々思ほへど

まだ生きてゐるのかと人の言ふ程におぢいちやんには長生きして欲し（風香の願ひ）

ひと日毎いな一時間とて大切ぞ夫八十歳偕老の日々

① 679-5224　佐用郡　② 龍

わが家族

中山《なかやま》　和代《かずよ》

年頃の娘と揺らるる「ゆりかもめ」胸弾ませてお台場へ向かふ

七五三衣裳気にせる孫の手をそっと握りやる娘の仕草

仕事終へ胸の騒めき抱へつつ姑の味噌汁飲めば和ぐなり

成人式袴姿で見下ろす子は祖父母に柔かき眼差し向ける

夫の病知りて不満の消え去りぬ元気であれと料理気遣ひ

冬じたくの剪定したる庭眺め父は安堵の表情見する

霜降りて白く続ける畦道を犬はしやぎつつ走るを追ひぬ

鶴山の桜並木を渡る風家族写真に花びら添へつ

① 710-1201　総社市　② 山手短歌

歩き遍路

中山《なかやま》　潔子《きよこ》

お四国の八十八ヶ寺この脚に歩かせたまへと一番札所

足の運びの軽きひとひの遍路旅思へば母の命日けふは

朝より歩みゴールの焼山寺桜並木に入日影差す

義経の行軍したる峠径茫々の草が行く手を阻む

人ひとり出会ふことなく歩み来て「カニに注意」の看板に遭ふ

外つ国の人無雑作にコイン置き厄除け参りの石段連む

潮の香も馳走のひとつ提防に夫と並びて弁当開く

夫と来る遍路の旅路いままさに土佐浜街道歩みて進む

① 719-1321　総社市　② 沃野

父を偲びて

仲村《なかむら》　和子《かずこ》

積年の思ひに母の写し絵を携へ降り立つサイパン空港

重ねこし苦楽を父に話せよとたなびく香に母の思ひを

慰霊碑の父の知らざる子を孫をひきあはせつつ平和を祈る

サイパンに数多の遺骨眠りしと聞けば涙の頬つたふなり

紺碧の海を見下ろし手を合はすバンザイクリフの岸壁に立つ

サイパンのま澄める海よ荒れるなと父の御霊に手を合はすなり

幼日の宿題終へたる心地する墓参を終へしサイパンの旅

天国の父は娘の歩む道照してくれるを信じて明日へ

① 716-0002　高梁市　② 麓

簡易郵便局にて

永井《ながい》　光子《みつこ》

簡易局の在りしを喜ぶ老い人の五人を相手に一日経ちたり

局に着き年相応の紅を差しさあと己れの机に対う

開局十三年局の玄関に掛けたるは夫の作りし大きな注連縄

家族十人揃いて餅つく年の瀬に五キロのブリをさばく子の有り

休日を頼りの農なれば週末の予報を祈りつつ聞く

嫁ぎ来て今日五十年苦しきも悲しきも星の下に流れぬ

天づたう月のひかりに染まりつつ夜半も眠らぬさくらあるなり

咲くさくら散りゆく桜過疎という村をつらねてうす紅をさす

① 707-0012　美作市　② 地中海

蒜山の四季

長尾《ながお》　富子《とみこ》

窓越しに桜花びら降らせつつ歌会に集いし我ら励ます

今日明日と迷いし間に花散りて去年は桜に会わず終りぬ

桜並木若き娘らとすれ違う花より眩ししばし見惚れる

白鷺は光引きつつ飛び立てり残光消えて深まる緑

柿の実は花咲くように木々にあり取る人もなし初冬の里に

昨夜の雪しのび寄るごと降り積もり車も家も白きモンスター

昼過ぎて長き氷柱に日の照りて滴落ちゆく次第に速く

亡き父母も交じりたいとは思わずや兄弟姉妹賑わう酒席

① 717-0612　真庭市　② 蒜山短歌

ふるさとの暮し

長岡《ながおか》　一也《かずや》

伊藤園の野菜ジュースを飲みながらビーカーを回す手付きになりゐる

トラクターの車輪の泥を見てゐしが「良い値で買ひます」と業者がふり向く

薹立ちの小松菜を茹でて一人食ふ辛子味噌があるだけの豊かさ

夕食を終へればたちまち寝崩れて気骨のありしわれよと思ふ

千体の仏像の面をさがしつつ見つめられしはわれぞと思ふ

黄泉に入る儀式を不意に思ひたり数限りなき仏像見つつ

九十歳を生きるは苦しと叔父が言ひて「お母さん元気か」とつけ加へたり

わが歌が記憶のどこかにあるらしい「紫苑が咲いていますか」と問はる

① 700-0815　岡山市北区　② 龍

うつり行くなり

長澤《ながさわ》　和枝《かずえ》

友が編みし毛糸の苺がふっくらと我が部屋かざる春立つ朝

咲きつげるシャスターデージー数多とり神に仏に供花としたりぬ

刈り干ししシャスターデージー燃してをり煙もくもく龍発つごとし

青々と伸びゆく稲田に水入るるその泡立ちに涼をもらひぬ

向う山の緑を染めて陽の照りて時鳥の声に歩をとめてをり

「秋田小町」の初穂を見つけ歩をとめて見渡してをり風わたりつつ　（七月二十日）

地にふるるばかりに伸びし枝垂萩の花咲きつぎて更に枝垂るる

寒鋤きせし田に積む雪が陽をうけて湯気のたちをり土か香れる

① 709-4233　美作市　② 龍

静かな日々

長宗《ながむね》　美好《みよし》

北へ向かう車窓に山肌せまりきてひとえの山吹群れて咲く見ゆ

アルプスのハイジの家を訪ぬれば緑の斜面にカウベル響く

再検を受けなさいよと言いくれし友は遺影の中に微笑む

路地裏の苔むす土にひっそりと咲ける小さき白百合ひとつ

木犀の香り満ちての秋祭り祖母の巻ずし今も懐かし

寒菊のひとひらひとひら開きゆく一輪挿の水を替えおり

ひとくちの温かき汁が身の内にひろがりゆける冬の朝餉よ

幼子をいだくわが娘はいつの間にか母親の顔で歌など唄う

① 709-0631　岡山市東区　② 上道短歌

母を想ふ

難波《なんば》　公正《きみまさ》

山畑の草取る老母の丸い背が畝を隔てて見え隠れする
三角形の頂点を行くはリーダーか川鵜は体形整へて飛ぶ
ガスボンベ替へし青年深深と頭下げゆく裏木戸に向ひ
転任のお巡りさんに子供ゐて複式学級免れしと聞く
本物と紛ふ金魚の泳ぎゐる病院ロビーの水槽の中
二十代で戦死をしたる墓の辺に没年の無きその妻の墓
半夏までに田植ゑ終へざれば半作と父は厳しく言ひ残したり
内職で三人の学費を作りたる火熨斗に母の指跡残る

① 701-2503　赤磐市　② 赤北短歌

曽孫よ健やかに

難波《なんば》　君代《きみよ》

中学の入学案内届きたり曽孫の成長見たるよろこび
仕上がれる中学生の服着たる面映ゆげなる曽孫しげしげ見上ぐ
中一の曽孫は自信のオセロ出し吾と戦ふ春休みの宵
見納めか中三曽孫の体育会潑溂とした児らに目頭うるむ
休日に母に連れられ来る曽孫毬投げに自転車と賑はふ一日
保育園の曽孫の最後の発表会元気に太鼓が轟きわたる
曽孫まで揃ひ乾杯祝はるる卆寿の吾に一日のうたげ
戦争に住まひたびたび替りきて九十年の思ひ茫々

① 701-1465　岡山市北区　② あすなろ

空を飛びゆく

新路《にいろ》　福子《ふくこ》

何となく元気の出ない暮れ方なり野菜スープを作つてみよう

この寒空に雉子が啼くよと立ち出でてしばらく待てどそののち啼かず

東京に去ぬる娘を見送れば駅の鴉が啼いてくれるよ

下がりゐる烏瓜の朱い実も枯れて寒河もいよいよ「大寒」に入る

もう死んだと思ひゐし榾木に小さなる椎茸がひとつ芽を出してゐる

放たれて空を飛びゆくもののありあれはわたしと思ふことにする

杉の木は音をたてつつ燃えるといふからその音聞かむと枝折りて来ぬ

ここにゐてわれはゆつくり考へむ常緑の木々に囲まれながら

① 701-3202　備前市　② 龍　③ 海のほとりから

蠟梅忌

新田《にった》　香《こう》

無為の日と言ふを下さるのですか峡の雪籠り喪の引きこもり

父の忌は蠟梅がよしと娘は言ひて盛れるそれの一枝を供ふ

二年を病夫《つま》の臥したる介護ベッドやすやすと解体連び出されつ

ピラミッド型に盛られし蜜柑の辺喪ふ者のなき人はよし

百合の蕾日にちをかけて綻びゆくを亡夫の御魂のさきはひとする

四十九日の壇取り払ひ初菜花常なる床掛けに人麻呂の軸

美しく楽しきパノラマ地図購はむメリーウィドウの第一歩とし

いささかは面倒がられてゐる私生花に辛夷伐りくれと言ひ

① 加賀郡　② 水甕　③ 豊野春秋

ここに来て

新田《にった》　千晶《ちあき》

久々に夫と訪ひ来て神庭の滝の水の流るる音を聞きをり

足元を見れば真白き二輪草に一輪草をも群れて咲きをり

掌に乗るほど小さき猿の子は親に甘えてじゃれては遊ぶ

手のカメラを覗く人らの間《あひ》を縫ひ滝に近づきしぶきを浴びぬ

しなやかにシルクのベールを垂らすごと百五十メートルの神庭の滝よ

まぼろしのシルクの布を織り為すごとたをやかなれる滝のしぶきよ

みどり深き木々の下にて深呼吸す滝のしぶきもたつぷり浴びて

ここに来てカメラを持たぬ我なるに焼きつけ帰らむ耳と心に

① 709-4247　美作市　② 龍

熊野の山

西《にし》　文代《ふみよ》

娘らの去りし吾が家にひと年の闇を出でたる雛の華やぐ

池の鴨わづかとなりぬ南の海越えて燕来しと聞く朝

夜もすがら蛙の鳴ける早苗田に沈黙の神の渡るときあり

たたなづく熊野の山の深みどり山のふかみに神は在します

幾度も亡父の話しし故郷の開聞岳は雲をなびかす

「猫さんのお話」の中の白き月幾度も撫づるみどりごの指

みどりごの寝息微かな昼下がり原発輸出の話は決まる

水脈引きて夕日を目指しゆく小舟瀬戸のしまなみ影を濃くする

① 710-1311　倉敷市　② 水甕

笑顔

西崎《にしざき》　武芳《たけよし》

イブの朝「肺にも癌」と告げられる連打をあびて茫然自失

次々に生まれる悩み踏みしめる足元さえもふらつくこの朝

ふんわりと浮かぶ白雲に行き先をたずねてみたい手術日の朝

ドクターの「終わりました」のほほ笑みは成功を暗示か麻酔からさめる

付き添いの妻の寝息の安らかさ痛み和らぐ術後三日目

退院の一夜明けたる食卓は手づくりスープに妻のほほ笑み

早足で階段下りれば改札のその先で待つ孫娘の笑顔

孫と別れし後の空白を埋め難く駅の雑踏にしばし身をおく

① 704-8174　岡山市東区　② からたち

ほとほと浄し

西崎《にしざき》　淑子《としこ》

まろまろと艶もちイクラは新春を織部の器に透きつつ丹《あか》し

唐かへで続く街路の若葉してけさ歩道橋は微動してをり

さみどりの柳は川辺に枝を連ね流線形の風を行かせり

驟雨過ぎ午後の日ざしを反しゐる笹の雫のほとほと浄し

横ざまの強き夕陽に照らされて築地《ついぢ》のくづれの闇の際立つ

たつぷりと秋日あつめて熟したる夫のマスカット香り触れ合ふ

枯茅原《ちはら》渦まき猛りよぎりゆく風の貌《かたち》を一瞬見たり

よべ降りし月光凍てしか霜柱ふめば澄みたる音に崩るる

① 701-1205　岡山市北区　② 星座

悠々自適

西田《にしだ》　武義《たけよし》

幾度も変遷の世をくり返し高齢少子化の現在《いま》となりたり

漸くにすべての役職返上し悠々自適の生活《くらし》となりぬ

十月《とつき》経し男《おとこ》の曽孫這いはいや伝い歩きを吾らに見せる

振り袖の似合う末女孫は華やかに大人の女性成長しおり

朝の陽のあまねく照らし山里の霜たちまちに白き靄立つ

熊笹の被う山辺の荒畑に猪掘りし深き穴見ゆ

春先の冷たき小雨降るなかに拝殿に座して祝詞を聴きぬ

産土の宮の総代引き受けて春恒例の祭に参加す

① 717-0424　真庭市　② 表現

九十路迎ふ

西原《にしはら》　節子《せつこ》

我が庭を居場所ときめし尉《じょう》鶲《びたき》朝窓たたき一日飛び交ふ

雨あとの秋ばれの空何も彼も乾く気のして簾《すだれ》を洗ふ

コンビニに寄れば場ちがひ感じつつ珍しがりて要らぬ菓子買ふ

めぐり来る春を待ち待つ鶯の初音になごむ庭の日向に

介護施設のボランティアして舞踊披露す派手な着物に我を隠して

茶器の上にかけたる袱紗の図柄みてその老松を水墨画に描く

体調のもどりて踊りの発表会自信なければ上の空なり

ひ孫とのたまの電話に「ひなまつり」を唄ふ五歳に力をもらふ

① 701-1341　岡山市北区　② 吉備短歌

冬に入る頃

沼本《ぬもと》　登代子《とよこ》

日差しやや傾き初めし庭隅に明かりのごとし石蕗の花は

雨に打たれしほととぎすの花が朝の日を浴びて真直ぐに立ち直りゆく

石蕗の花が輝き黄の蝶の羽根輝くに隠り世を思ふ

石蕗の花狂ほしく咲き匂ふ庭を白猫が過りゆきたり

石蕗の花に誘はれ集ひ来し虫さへも親しまた冬が来る

父母のゐぬこの世にしひとり見るものか眩しく咲く石蕗《つは》の花

背を丸め木枯しの町をゆくわれを映して街角のブティックのガラス

猪の踏み倒したる田の稲に夕方の日が差してゐるなり

① 701-1605　岡山市北区　② 龍

風音を聴く

祢屋《ねや》　節子《せつこ》

密やかに雪への期待を抱きつつ目覚むる朝のわれは幼子

ひたひたと迫り来る音にわが歩みも速くなりゆく夜のウォーキング

この陽気に一輪さへも開かぬは桜同士で約してゐるらむ

池の端一定方向に靡きゐる芒の穂先の風音を聴く

ゆうらりと皇帝ダリアの花が咲くこの後は少しゆつくり生きんか

道草も時にはしたき老境の入り口に立ち佇みてをり

紫陽花の季を思はする今日ひと日雨は沁み入る心の襞まで

わが歌の推敲をすればする程に気付くことありあるが嬉しき

① 719-1112　総社市　② 龍

花思ひ

根本《ねもと》　敦子《あつこ》

風さそふ千町川の辺にゆるる葦競ひ育ちて夏来たるらし

矢絣に秋桜を手に立つ亡母のセピア色なる机上の一葉

健やかに許しゆるされ金婚を迎ふる五月の空は青空

立ち止まることなく急ぐこともなく歩みゆきたし花は散り初む

牛窓のオリーブロードにミモザ咲き指呼の間に春潮光る

穏やかにローカル線に揺れて来し湯田温泉駅に白狐の足湯

八重桜咲けばグローリオサの芽植ゑむ我が密かなる思ひ出の花

青柳芽吹きて道灌忍ぶれど我が身一つがままならぬ今

① 701-4221　瀬戸内市　② 唐琴短歌

冬の中欧

野上《のがみ》　洋子《ひろこ》

俯瞰せるボルガは蛇行をくりかへし蛇行といふをたのしむごとし

朝霜に光るプラハの石畳馬場あき子もかの日踏みて行きけむ

カレル橋に立つ聖人像の三十体女性はマリアとアンナの二体

生には死・愛には憎しみ　クリムトを観終へて出づれば土砂降りの雨

明日は嵐になるとふ夜のコンサート異国の人らと手拍子をうつ

風の夜をふうつと手と手をかさねあふ落葉が落葉にかさなるやうに

茜色の野末の疎林を難民の影かと見つつハンガリーに入る

原発を廃止せし国ゆつたりと大夕焼けに風車を回す

① 700-0803　岡山市北区　② 龍　③ キリンの首・秘密の大樹

木綿のやうな

野﨑《のざき》　秀子《ひでこ》

竹藪の中にぽつぽつ薄日うけて寝てる笑つてる五百羅漢が
トコトコと親のあと追ふ陽にやけし小さき足が窓越しに見ゆ
寂聴は木綿のやうなぬくさもて語りてくれしと北の人言ふ
井田に早苗を植うる早乙女の動きに合はす太鼓が響く
バレリーナの爪先のやうな爪を持つ羚羊は飛ぶ崖から崖へ
かはいいね散歩の犬に手を出せば舐め返しくるはじめましてと
冬釣りの鱈は海底にひそみゐてねこじゃらしのごと糸を踊らす
麻縄に花かき餅がつるされてカラフルな軒北陸の冬

① 700-0833　岡山市北区　③ しらたま

「今日も元気で」

野﨑《のざき》　美津恵《みつえ》

色づいた紅葉が風に飛ぶ庭に水仙だけが伸びて蕾を
白き雲が地図に似てると見ていれば四国が動き放れて行くよ
飛行機の雲が伸びゆくハリーポッターのように飛びたし空を自由に
沈丁花の白の蕾がいっぱいに朝日に開けば漂うかおり
冬眠の小亀の水を替えたれば日に照らされて泳ぎだしたり
庭の草は昨日の雨で抜きやすくひねもす抜いて軍手ぼろぼろ
亡夫の張りし幼稚園に残る色タイル三十年経て今も鮮やか
老人の多き団地に赤ちゃんの声がうれしい今日も元気でね

① 709-0605　岡山市東区　② 上道短歌

稲妻

野田《のだ》　たき子《こ》

尖りゆく心の闇を切り裂きて稲妻が一瞬海原を走る

雷神は怒りておわすと海の上の稲妻をいうてひとりかなしむ

夜の雨に洗はれし鞆の露地のおく枇杷の熟れ実が朝日にまぶし

浜昼顔の花さく砂州の上の露地にわづかに残る遊郭の跡

この港いでて帰らぬ数の人ら思へ鞆の津は青波ばかり

やうやくに解放される気分なり梅雨入りの雨がどつと降り出して

川ふたつ寄り合ひ滾つ水の音豊かにわれの五感にひびく

陽の中に真紅の翅をきらめかす「日本かはとんぼ」と神橋渡る

① 701-1145　岡山市北区　② 龍　③ 虹のやうに硝子のやうに・にらいかないの彼方

庭

納所《のうしょ》　百合美《ゆりみ》

雀二羽こちらを伺ひ夫の置く米を目指して一直線よ

我が庭の餌を啄む雉鳩に雀は遠くで枝移り鳴く

黒き雲押し寄せ来るに雨を待つ萎れし花も生き返らむか

春の陽をたつぷり浴びて蘇る枯れしと思ひし「インパーチェンス」よ

見上ぐれば「皇帝ダリア」の咲き誇る行き交ふ人を見下しながら

仙人掌の赤きかはゆき花見れば宝石としも芯は煋めく

待ち詫びし朝顔咲きて鮮やかに赤紫の大輪の花

蟬の声波打つやうに聞こえ来る日射し眩しく風は心地好し

① 709-0827　赤磐市　② 赤坂短歌

初夏を囀る

能見《のうみ》　謙太郎《けんたろう》

わが家に沿ふ溝川の上を白鶺鴒《はくせきれい》短かく鳴きてけさも飛びゆく

草刈られし小川の岸に啄みつつ椋鳥《むくどり》幾羽か朝の陽を浴ぶ

鋤きあげし田の土塊《つちくれ》を漁りつつ鳴声たつる鳧《けり》に気付きぬ

用水に軽鴨四羽がたむろせり岸辺の草を啄むもゐて

水嵩増す用水岸の川鵜《かはう》らの羽搏《はばた》くもあり潜るもありぬ

雨あとの吉備の中山緑濃く夜明けよりほととぎすの声しきりなり

つのぐめる蒲《がま》の小沼に鳴く緋水鶏《ひくひな》朝光及ばぬ中を漁りぬ

左から右からうぐひすの声かまびすし朝の山道君と歩めば

① 701-1213　岡山市北区　② 青南・吉備短歌　③ 慈光集・鯉丘残照

一念通天

土師《はじ》　世津子《せつこ》

父求める巡拝の旅乗らむとするシベリア航空萌黄に光る

父眠る東へ向かひ「父さん」とウスリースクの野末に叫ぶ

今度こそ父眠る地へと再びの遺霊巡拝の旅の始まる

二日間バスに揺られて父眠るセチュへに立てば胸の詰まりき

父眠る荒草の根に水を撒き折鶴と写経埋めて帰りき

二年経て朗報届くシベリアの父の遺骨の見つかりしとふ

シベリアの木々にて荼毘に付されしか父の遺骨は黒くて重し

納骨を終へたる墓前に佇みて「一念通天」のことば噛み締む

① 701-1211　岡山市北区　② 一宮短歌

風のやさしさ

羽原《はばら》　清子《きよこ》

凱旋桜の並木に沿ひて流れゆく春三月の水のいきほひ

背を伸ばせ腰を伸ばせと諫めつつ続ける朝のテレビ体操

横断道渡りてバイク走らせる青田の中の一筋の道

わが記憶のままなる寺の庭の蘇鉄わたしを覚えてくれてゐますか

作業着を濯ぎて夜の庭に仰ぐ月の明かるさ風のやさしさ

ヘリコプター降り来て広場の大公孫樹の黄葉一気に散り尽くしたり

チェンソーにて次々と太き幹を挽く音を聞きをり木の叫びとも

歌詠むは禅と同じにて終はりなき修行と言ひき佐藤佐太郎

① 701-2222　赤磐市　② 龍

自然に生きる

波多《はた》　豊子《とよこ》

蜜柑の木の繁みの中より飛び立つ雀甘かつたのか酸つぱかつたのか

土中にはこんなエネルギーがあるといふ枯れた牡丹が芽吹きてをりぬ

さへずりかはたまた葉擦れの音なるか見上ぐる大樹に鳥が数多ゐる

「スマホ」にて孫の写真を送り来るパンダになつたり桃太郎になつたり

倉敷は紅葉に映えてしぐれ雨蒸し饅頭屋の湯気が立ちをり

夫の留守の二日を使ひ寝具など干しておかうと青空を見上ぐる

突然に機内が冷えて不思議なりロシア上空を飛行してゐるか

青い海に暑い日差しが眩しくて赤屋根が似合ふニースの街よ

① 701-0143　岡山市北区　② 龍

生きる

長谷川《はせがわ》　節子《せつこ》

れんげ田に大小さまざま鯉幟園児ら唄えばゆらりと泳ぐ

今日だけは今日一日と精いっぱい生きれば何の不足ありやと

思いこみで生きる強さを老力とうそぶくこれも老力なるか

生きるとはこんなに辛いものなのか思った昔が今懐しい

食間を昼寝で過ごす老いの知恵これぞ極楽浄土への道

人殺しそれは即ち文明のなれの果てぞと春雷の過ぐ

梅雨晴間亀の親子が甲羅干し天下国家もかくあれかしと

見たくない聞きたくないとテレビなしそれでもＤＭうるさきポスト

① 701-1145　岡山市北区　② 一宮短歌

四季の花

橋本《はしもと》　けい子《けいこ》

一針に思ひをこめて作りゆく手まりの糸が桜の花にと

水無月の青葉の燃ゆる山裾に朱色に聳ゆる三重の塔

育て来し無農薬なる枝豆ぞ「ビール」で乾杯夕餉の宴

秋来ればたわわに実る渋柿を軒に吊して干し柿のれん

見上ぐれば美しきかな十五夜よ野山すすきもお月見してゐむ

河川敷に並んで咲くや彼岸花季来たれるを我に見よとて

誕生日嬉しくもなくやって来て待ってゐたよとくる介護保険

寒さ耐へ木立の間より凛として赤き見するは藪椿なり

① 701-2615　美作市　② 英田短歌

藤と遊ぶ

橋本《はしもと》　巴子《ともこ》

藤棚のまほうの扉を開けゆかば須磨の海岸か道長の宴か

藤色のドレスをまとひて蝶のごとくワルツを踊らむ花房の下で

ぼかぽかと春の陽気の藤の下われ微睡めば妖精はぶらんこよ

遠慮なくほほをくすぐる藤の房ふいとゑんどうの卵とぢを欲す

午後十時藤棚の中に風はなくサタンとデーモンの酒盛りなるぞ

全国の藤の名所をはしごするインターネットにて十箇所十五分

ゴージャスなるむらさき藤の栞あり我が貧困なる家計簿の中に

藤は散り「さいじんこう」は繁りをり村の川辺は一気に夏へと

① 709-4242　美作市　② 龍

地蔵盆

畑中《はたなか》　陽子《ようこ》

お経をあげてゐる間に早も暗くなり提灯を点す島の地蔵盆

盆の風とどこか違ふと思ひつつ団扇かざして踊る地蔵盆

悪戯に太鼓を鳴らす子もをらねど地蔵盆の夜をわれ等は燥ぐ

山と山の間に見ゆる三角形の金風呂瀬戸を一艘がよぎる

島山の傾りに数多の百合が咲く盆に帰り来る御霊の目印か

磯好きの友は未明のひじき採り今年最後の満月が見え

亡き父の所作を思ひつつ注連縄を綯ふふる里は雪の降り始む頃ぞ

ぶだうの実に袋掛けしつつ梨山に母と二人ありし遠き日を恋ふ

① 714-0301　笠岡市　② 龍

夏水仙

花谷《はなたに》　一正《かずまさ》

棚田にて初めて見し花「夏水仙」ヒガンバナ科と聞きて納得

「案山子まつり」人気をさらふ作品はリオ五輪でのメダリスト達

三年先東京五輪の焦点は選手づくりか会場づくりかや

酉年を飾る名園の放鳥をカメラ構へて待つこと永し

城山に山桜植ゑる場所さがし我の見る日は来るかと笑ふ

久々に友と訪ねし岩国は橋も桜も変らずに在り

花嫁がはにかみながらの川下りカメラ構へて笑顔を待ちをり

棚田にて田植始まるニュース見てカメラ抱へて現地へ急ぐ

① 701-2503　赤磐市　② 赤北短歌

二本の楷の木

花谷《はなたに》　清子《きよこ》

通勤の夫の送迎の道の辺に紅梅日ごとふくらみてゆく

「早起きは三文の徳」朝焼けの空に残れる満月仰ぐ

闇のなか蛍を撮らむと苦闘する夫のかたわらに我は愛でおり

丹精を込めて育ていし亡き姑のクンシラン今年も咲きて安堵す

孫らから行くよと弾んだ電話あり今夜の料理は奮発しよう

打点となるヒットを打ったと言う孫に試合に負けてもなぜか安堵す

百年を耐えて二本の楷の木の紅葉に少し疲れが見える

七歳の孫とふたりでかるたとり手かげんするらし手を引っこめる

① 701-2503　赤磐市　② よしい

春を呼びつつ

花谷《はなだに》　敏恵《としえ》

年の瀬の庭掃除終えて仰ぎをり蕾む蠟梅のうすき黄の色

待合室に響く幼子の笑い声風邪引き吾もつられて笑う

紅梅に菜の花と水仙添えて活け春を呼び込むお彼岸近し

胡麻和えが旨しと食べし菜の花も満開となりて黄の色ひかる

山里の畦に早わらび並び出て山菜取りに弾む季となる

ゴールデンウィーク夫と出でこし蒜山は萌木となりて八重桜咲く

新緑にさつきの際立つ山里にひとすじ透る鶯の声

丹精のアーチの薔薇の満開に道行く人らなごみいるらし

① 701-2503　赤磐市　② よしい

すくも焼く

花谷《はなだに》　美智子《みちこ》

主なき暗き軒先に吊されて風鈴が鳴る悲しき音に

金木犀に宿して蘭が見て見てと多《さわ》に咲かせぬ真白き花を

立葵が天辺まで咲けば梅雨明けになると昔の人は言いにし

満開の桜の向こうに見えるのは墓石群《はかいしぐん》とソーラーパネル

むらさきの宝石のようなピオーネがテーブル陣取るドヤ顔をして

すくも焼く昔なつかし煙の香酸つぱく髪にも沁みる

突然の入院三日で兄逝けり仰げば雲の流れの速し

この朝の急な寒さに山茶花が急いで咲きしかフリルが可愛い

① 701-2503　赤磐市　② よしい

夫婦二人三脚

花谷《はなだに》　雄二郎《ゆうじろう》

県北の大雨に濁りて水速く岸の雑草巻き込みてゆく

二人とも短歌づくりに四苦八苦し妻の作品をヒントにしてをり

山間の武蔵の里のつつじ園色とりどりに誇りて咲きをり

猛暑日のつづきし庭に水を撒くテレビは豪雨の被害伝へゐて

いい加減に植ゑし白菜はまるまると育ちて今宵の鍋の主役に

寒風の山裾の柚子は鈴なりに垂るる黄色が夕日に染まる

たびたびのミサイル発射の北朝鮮に危機を感じて重なる不安

庭先に我が植ゑたる花水木今年も変はらず薄紅に咲く

① 701-2503　赤磐市　② 赤北短歌

出会ひの時

浜崎《はまざき》　達美《たつみ》

幼き頃覚えし事を書きて貰ふ足立ちし日の感動新たに

初めて会ひたる君はわが言葉聞き取り下さりしを今にし思ふ

当直の君が電話の呼び出しを聞きゐて吾の心ときめく

笑顔にて朝々お茶を飲ませ呉るる君ありて此処にわが二十五年か

日直の君の傍らに二時間余居りて何を話すともなく

招かれて来たりし今日を乙女らに囲まれ吾の心華やぐ

和服着て吾を迎ふる弟よ父に似るなく言葉優しき

帰り来て温かき日差しの縁にゐて海の声聴く風の声聴く

① 703-8207　岡山市北区　② 短歌 21 世紀　③ 花々の匂ひ・花の雪

ミシン遊びの部屋

浜田《はまだ》　くに子《こ》

大き過ぎる写真に記事に戸惑ひつつわれを書きゐる新聞を読む

縫ふ人の笑顔が嬉しい仕事なり「ミシン遊びの部屋」を始めぬ

紺色のレース地たつぷり使ひたるワンピースが出来てくるくる踊る

圭君のデニムのエプロン縫ひ上がる何でも入るポケットもある

イタリアでオペラ衣装をデザインする「大町志津子」がミシンで遊ぶ

生まれたる孫の名前に糸偏が付いてゐるのを嬉しく思ふ

ママの服と揃ひの生地で作りやる股下十七センチ幼のパンツ

「ミシン遊び」のお客を待ちつつストーブの前に読みをり『思川の岸辺』

① 707-0003　美作市　② 龍

夫との六十三年

濵田《はまだ》　とよ子《こ》

二人して田畑購ひ無駄となり売れるあてなく息子の苦労

初詣で家族と日の出仰ぎつつ今年も無事に言祝ぎ帰宅

辛かりし事打ち忘れ三世代二泊三日の九州旅行

趣味もなく勤め農家と生計建て息子に委ね安樂の夫

新聞の滴一滴の写し書き四年前より脳トレとして

孫の来て曽孫の姉は母慕ひじじとばばで弟あやす

定年の息子と妻を慈しみ北海道の旅行を支へる

汗流れ化粧くずれど朝毎に鏡に向かふ八十五歳

① 勝田郡

テレフォンカード

濱田《はまだ》　みや子《こ》

堅香子の年どし増えて咲く邑にひとり逝き一人去り空き家増えゆく

乳牛はひねもすバッハを聞きてをり吾はひたすら草刈りて干す

ランドセルに落花ひとひら留めつつ邑にひとりの児が戻りくる

まうしばらく邑は生きるか〈村祈祷〉〈虫追ひ〉行事の通知が届く

この郷を出でず老ゆるを諾ひて夕べの畑に大根を蒔く

孫六人競ひて抜きし大根の穴一列に冬日差し込む

春炬燵仕舞ひて広くなりし部屋独りの膝の置きどころなし

君とのみ話して終はりし穴あきのテレフォンカードが財布に黄ばむ

① 709-4305　勝田郡　② 地中海　③ 凌霜日記

水汲み場の蜘蛛

濱田《はまだ》　棟人《むねと》

肌に着るシャツいちまいの身軽さの風を孕んでふはり浮きゆく

花言葉をあなたは会話に挿しはさむ栞のやうに棘のやうにも

うさぎ座の一角にある恒星のクリムソン深きくれなゐの星

水汲み場の蜘蛛の巣あまりに美しくわたしはそつと水を汲むのみ

ブロック塀を過ぎて曲がれば鉢植ゑの細々並ぶ路地裏世界

菜の花の黄の広がりを眺めつつ迷子のやうにまた左折する

山々を見おろす斜面に点在する集落の名は日近・真星など

ふるさとの夏の祭りの裏通り線香花火のしづくが落ちて

① 700-0861　岡山市北区　② 龍

大雪

早瀬《はやせ》　伶子《れいこ》

東《ひんがし》の山の初雪に驚きつつ色とりどりのパンジーを植ゑをり

音もなく降りしきる雪気がつけば一尺余り積もりたるかな

三十センチの新雪に沈むわが里は眠れる如し音も風もなく

雪覆ふ天窓は昼も暗く寒し身震ひしつつ白菜を刻む

雪の朝迎へに来たるタクシードライバーが滑らぬやうにと手を引き呉るる

雪のため因美線不通のニュース聞きつつ部屋にて熱きカレーを食べる

特大の山百合の球根が届きたり雪掻き分けて穴堀り植ゑる

南《みんなみ》の茜に染まる空を見て雪解け道を散歩してをり

① 708-1105　津山市　② 龍　③ ガラスの如く

過ぎ行く日々

林《はやし》　靖枝《はるえ》

浅漬の茄子食みてをりしみじみと厨の秋の静けさにゐる

雨隠《ごも》る吉備の中山靄立ちていや神さぶるに立ちがたくゐる

神さぶる宮居の大樹に耳寄せて千年生ひ来し息遣ひ聴く

伊勢神宮にて

半月は舟　暈に乗り入れ空の海西へ西へと櫂にぎるは誰

川蟬の目線たどれば渓流の水面に背影かすかに動く

夜濯ぎの外に立つ吾に余慶かな山の背重く春月出で来

酒造店より届きしカタログ見る程に内よりさやく嗜むもよし

吾がなづきの引き出し歪《ひづ》みの進み来て出したき記憶の取り出せずゐる

① 700-0075　岡山市北区　② 一宮短歌

日限地蔵参り

林《はやし》　良三《りょうぞう》

娘にかはり母がせしごと子授けを願ひて四年間日限地蔵参りす

露天商でかくも賑はふ縁日よだれか娘に赤子を売らんか

あさなさな娘の子授けを願ひをり身代はり要るならそれも良しとす

冬空に菜の花明かるむ房総の千葉より娘の受胎の知らせ

わが娘の七ケ月の腹を地蔵参りの線香の煙がやさしくなづる

気をもませ三日遅れて孫生まる一月十七日阪神大震災の日

赤ん坊を産みし娘を訪ねきて命にあふるる乳の香をかぐ

みどりごを抱きし腕の感触の帰り来て二日消えずゐるなり

① 706-0027　玉野市　② 龍　③ 太郎煙突

短歌会

原《はら》　辰彦《たつひこ》

さそはれて品ある女性には弱いなあ短歌にまでも足つつこんで

葉ぼたんは春が来るのが聞こえたかはや背伸びして二月の陽だまり

鮎棲めぬ川になつたか吉井川鮎かけ竿に埃八年

柿の木の古木の下の草刈りに幼きころの吾の声を聞く

過去は記憶未来は想像みな捨てよ草花のごとく今を生き抜け

この山を登る道筋数ありて多作多捨なる道で精進

奮起せよ安泰目指す人生は世間を狭くし心細るぞ

医者帰り数値下つて足軽く妻も褒めるし今日は吉日

① 701-2503　赤磐市　② 赤北短歌

コスモスの似合う町

原《はら》　明香《はるか》

肩たたく稚《わか》き団栗まろびたり翡翠色した秋がはじける

あからひく光は満てりコスモスの似合うわが町空冴え渡る

落暉の色淡くとどめてすじ雲は暫し流れて湖に消えたり

屯して烏ら眠る裸木の投網にかかる夕映えの陽が

うち仰ぐわが心まで吸いあげて楷樹は謳う吉備路の秋を

秋夜長　西行伝を読みゆけば遠世顕ちくる月の光に

収穫の終わりし田を染め夕茜空を刈りゆく利鎌の月が

夫育てし菊の輪台はずしつつはじめて独りの冬に向きあう

① 700-0086　岡山市北区　② 窓日

花鶏の群

原《はら》　浩子《ひろこ》

山より下る水をききつつ柏谷の蛍を見むと夜を待ちをり

満開の梅の花ばかり眺めゐて樹下には密かに咲きし福寿草の花

親竹の高さを越えて若竹は天に向かひて尚も伸びむとす

冬空に網うつ如く花鶏の群が楠の木の中に吸ひ込まれてゆく

この夜ふけ宮の杜なる上空は瑠璃色に澄み満月わたる

手の平に向日葵の種数個をのせ息をひそめて鳥を待ちをり

大雨と雷鳴とどろく夕べより眠られずゐて朝の気怠さ

亡き母を思ひつつをれば雲に隠れ又現はれて月のさやけさ

① 719-1175　総社市　② 龍

吟詠こそ

原田《はらだ》　順子《じゅんこ》

吟試験当日までに二百回吟じなさいとよ声は保つや

母の日に「吟」を頑張つてと嫁呉れしローヤルゼリーに蜂蜜かりん

風邪引きて吟の練習の甲斐もなく止むなく欠席うろこ雲に愚痴る

吟の稽古し声嗄れたれば琴を弾き景色を眺めて短歌に耽けゆく

「月色は朧々たり」を夜々吟ず風雨の後の清らなる月に

吟詠の昇段試験も無事終へて優勝したれど脱け殻となる

吟行の全国大会気持ちよく吟じ終ふればタイムオーバーとは

「吟剣詩舞」の発表会も成功し独りの寄せ鍋豪勢に食む

① 709-4214　美作市　② 龍

介護の日日

春名《はるな》　敦子《あつこ》

八十路をばすぎても重荷の多かるは我の使命と定めて括る

晴れの朝袴ヶ仙の雄姿みて歩ける朝は我の日課と

春風に吹雪の如く桜散る名残りは尽きぬ短き命よ

老木の梅が一輪ふくらみてかすかに春の兆しを知らす

みぞれ降る春まだ遠き寒の日を姉は施設に入所決めたり

閉校の校舎に残る壁時計最後の下校の時刻に止まれり

写経にて心経となふる本堂は仏と向き合ふ束の間のとき

果てしなき介護は我の糧として苦悩をのり越え生きねばならぬ

① 707-0201　美作市　② 勝田短歌

遺愛の椅子

坂東《ばんどう》　玲子《れいこ》

いづこより舞ひ落ちくるや神の文薄ら陽浴びてきららと光る

白寿なる姑とひつたり時刻む柱時計の日日遅れきつ

四人目の子育て中と腹を決めとろりとうろり介護食煮る

英霊の涙か白雨が大地打つ　武力行使の論戦続く

密やかな風の道あり祇王寺の竹林揺らし忍び音もらす

吾に潜むのつぺらぼうが首もたげのんびりしろよと海馬眠らす

どすこいと大根・白菜・蕪・青菜揃ひ踏みする秋日和なり

軋めども夫の遺愛の椅子なればゆるりと座して名月仰ぐ

①　701-0153　岡山市北区　②　水甕

産　声

日笠《ひかさ》　眞佐子《まさこ》

初孫の産声大きく聞こえたり胸熱くして泪あふるる

孫の顔見てよりひと日始まりて満つる悦びに今日も張り切る

春雨に吉井の川面に靄たちて岸の泊り舟ほのかに浮かぶ

「南極しらせ」の進水式に甲板の娘婿の姿たのもしく見ゆ

春を呼ぶ会陽の夜のざわめきに幼の頃の息子を思ふ

秋深き美星の里の昼餉どき振り向くたぬきの仕種の愛し

大賀蓮ぽんと音して開きたる濁りし池に凛と立ちゐて

街角のカンナの黄は鮮やかに陽に照り眩しくあたりに光を

①　704-8191　岡山市東区　②　唐琴短歌

父よ

樋口《ひぐち》　美保《みほ》

訪ねゆけば堪え難きまで暑き部屋に暑しと言わぬ父を憐れむ

「閉めて行け」荒ぶる父のその声に込めし思いを想いて帰る

われ一人搗きて揉みたる餡餅と三つ包みて父に届けぬ

仕事帰りに実家の父の家事をして家に帰ればまた家事が待つ

畳の上も杖つきて歩む父なれどその居る所に演歌流れる

CDを携えてゆく父の背よ敬老の日に楽しみのあれ

暑き部屋に独りくぐまる父のこと思いてひたすら路上を急ぐ

免許証返納にゆくと身支度を整える父に安堵し憫れむ

① 709-4606　津山市　② 地中海

四季を詠む

久松《ひさまつ》　直子《なおこ》

鬼やらい豆にまじりてチョコや飴ときには本投げあたりて痛し

二年めの冬を生き抜き白めだか春の光にすいと泳げる

絵の画材の大玉レモンひと月を画かぬままにママレードとなる

たまわりの手作り花器にえらびたる燕子花《かきつ》ひともと紫にほふ

汗をせぬ白き拳をふり上げて「私が決める」はだかのおうさま

イヤリングきらりとゆらし運転手ミキサー車をかろがろバックさす

カニドンの「閉店します」の張り紙に私の夏が終れないまま

人生はあみだくじとも一本の横線かかれて未来がかわる

① 710-0016　倉敷市

杖を片手に

平《ひら》　幾代《いくよ》

年々に過疎となりゆく里に住み何れは吾が家も空家とならむ

ヨッコラショの言葉がいつしか口癖に春の日背に受け庭の草抜く

畑隅に抜き捨てられし大根の力強さよ白き花咲く

買ひ忘れなきかと売場の片隅でそつと開きて見るメモ用紙

梅雨に入れど真夏のごとき日の続き杖を片手に花に水やる

転ぶなよ惚《ほう》けるなよと来る度に娘は同居をすすめてくるる

米寿すぎ独り暮しの日々にして包丁持てるを幸せとせむ

介護士に手を添へられて今日も行くデイサービスの哲西荘へ

① 719-3812　新見市　② 沃野

うずら豆

平井《ひらい》　啓子《けいこ》

斑のありて他とまぎれざるうずら豆ふつふつ煮おりさくら蕾む日

風さむき夕ぐれに思う深草に鶉と化して鳴く女人の身

高齢者を超高齢者は殺めたり長寿のねがいかなえたる国

話など聞かねばよかったあれ爪にできたる小さき星にもの言う

ちいさくて割るのをすこしためらった蕎麦の薬味のうずらの卵

しんみりと寒の戸棚に冷えながら豆はおのれの身を引き締める

非常時の貴重食なるおもむきに棚よりおろすうずら豆袋

夢さめてふふっとわらう春の夜や三島由紀夫が近づいてきた

① 709-0825　赤磐市　② かりん　③ 橘月・柴の戸いでて桃の顔見に

小旅行

平井《ひらい》　重世《しげよ》

団体の旅は無理だと吾を率て夫と妹夫妻が世話を焼く

山頭火の菅笠を持つ像を撫で吾が旅先での安穏を希ふ

半月後プーチンが来ると話しつつ大谷山荘前に降り立つ

案内されて入りたる部屋のあたたかく「常精進」の床の間の軸

昔むかしとお茶屋の湯女《ゆな》の片恋を伝へてかなし「音信《おとづれ》川」は

我ら乗る観光汽船の出航しほどなく青海島大橋を仰ぐ

花津浦の観音岩を見たるときおのづと合掌してゐたりけり

外海の波の荒さよ上下する観光船に身を堅くをる

① 709-0871　岡山市東区　② 龍　③ 空穂草・落葉踏む音

孫

平瀬《ひらせ》　芳子《よしこ》

初孫を胸に抱きて宮参り健やかなれと祈る晴れの日

爺婆が弾んで作りし餅米ぞ孫が背に負ふ「一升餅」を

降る雪に家族そろひて初詣よちよち歩く孫の手ひいて

「ごちそうを作ってあげる」と孫が摘むれんげ蒲公英しろつめ草を

栗の木を祖父母が植ゑし山の田に孫らと拾ふ栗の実あまた

爺婆が贈りし赤きランドセル孫は背に負ひ笑顔でピース

夫や子に男孫女孫に兄姉に支へられつつ古稀を迎ふる

子や孫に「美田」を残し暮したいと夫は頑張る七十五歳を

① 671-3231　宍粟市　② 三河短歌

安らぎの暮らし

平本《ひらもと》　都智子《つちこ》

息と二人慎しい暮らしの庭先にらふ梅咲きてひそかに匂ふ

安らぎの漂ふ古屋に子と過ごす大黒柱の黒黒と光れり

黄昏れてつくつく法師が鳴いてをり我は子を待ちつつ胡瓜をきざむ

うぐひすの声がするぞと思ひつつ薄明かりの朝窓を開け放つ

通り雨やはらかに過ぐ向かう山に何の芽吹きか薄むらさきの立つ

それなりに生きてゆかうと祈りを込め初詣にて鐘打ち鳴らす

夕雲の間より洩るる金色の光は我の悦びに似て

祝はれて感激一入最敬礼生きねばならぬ生きねばならぬ

① 715-0023　井原市　② 龍　③ 今日が好き

花の傍へに

平本《ひらもと》　文香《ふみか》

手招きに寄りゆけば大き水槽に布袋葵の花の真盛り

杏の木は丈余に伸びて花満ちぬ亡夫の植ゑて実をば見るなく

供へたる花に変異の花が咲く彼岸の夫の何知らさむや

あの時も小手鞠白く咲いてゐき手を取り子弟と別れし庭に

梅雨晴れの太陽浴びて椿若葉が発光体の如く光れる

媼逝き幾年なるかその庭に季くれば咲く連翹無尽数

葉落つれば来む年の花芽の水木見ゆ我に如何なる備へのありや

千両の玉実次弟に色づきて我の上にも時の流るる

① 715-0023　井原市　② 龍

夜の岬

廣畑《ひろはた》　周子《ちかこ》

ぬばたまの夜の岬が息をするかすかなれどもたしかなるもの

浮舟のひそと渡りけむ宇治川よ面影のごと紅葉流れて

韓国の時代絵巻を見るごとし通信使行列に華やぐ港町

小雨降る三月朔日海沿ひに北回帰線の町を過ぎゆく

オキーフのペチュニアのままに輝けり紫紺の花に初夏の風過ぐ

わらびにふきにたけのこ匂ふ母のすし持ちて墓参の父の命日

夜の雨がこころの底を潤して海へ消えゆく遠雷しきり

菜園のいんげん摘みててんぷらに秋の夕餉のふくふく香る

① 701-4301　瀬戸内市　② 唐琴短歌

孫の成長

深井《ふかい》　勝己《かつみ》

その五体満足に生れし初孫の天与の命胸あつくをり

外孫のすこやかなれと産土の絵馬に百日の祈り託せり

ただいまと作りしお雛われにみせ笑顔はじける二歳の「琉加」は

誕生餅を「理央」は背おひて泣き顔す姉の企画にうから驚嘆

初春の青空高く凧上がりをさなと共に喜びはじける

たまさかに来し外孫はうつむきてわが問ひかけに小声で答ふ

手作りの園児の絵凧舞ひ上がり歓声ひびく新春の空

孫たちが遊びつかれて去りし夜腹をたてつつ玩具かたづける

① 701-1212　岡山市北区　② 一宮短歌

かんあやめ

深井《ふかい》　貞子《さだこ》

丈低くそつと咲きをり寒菖蒲詩よむ友の庭の辺あたり

大寒の鎮もる藏にわが心燃えたち描く百号の作

里山の裸木の梢ひしめきて重き冬空押し上げてゐる

安堵感　充実感に心満つ三月をかけし百号の成る

しつかりと地面に張りつく夏草のこじやんと種を一杯つけて

野菜食む親子飛蝗と思ひきや夫を背中に雌の性愛し

びつしりと散りしく銀杏は足裏にふかふか温し誕生寺の庭

刈小田をしとどにぬらし雨が降りいよよ淋しも白鷺も来ず

① 701-1212　岡山市北区　② 一宮短歌　龍

日々を生きて

福島《ふくしま》　訓子《くにこ》

気兼ねする事何ひとつなき我が家今年も燕の宿となりをり

幾十年を燕の宿はリフォームにて新築珍しき二番子の宿

巣立ちせし燕がいきなり背に止まる程良き重さよ一瞬の快

いつしかに燕の巣の下通る度足音忍ばす巣立ちし後も

祖父に似て魚好める十二人室津に集ひぬいとこ会とて

極端なる異常気象を案じつつ若き人等の未来思はる

殊更に暑きお盆の墓掃除癒しくるるは櫨の朱色

災害は忘れし頃にやつて来ぬティッシュも一緒に洗濯をして

① 701-2226　赤磐市　② 赤坂短歌

雪の音

福光《ふくみつ》　繁子《しげこ》

ぽつかりと離ればなれに浮く雲と連れ合ふやうに冬の散歩す

右足がバランスくづして躓けば左の足がここぞと踏張る

歩を止めて腰打つ態の度々を野暮天からすに見られたりけり

道に逢ふ誰もがけさの底冷えを口々言ひて早く別れぬ

ことのほか耳のうしろが寒いのは降りつぐ雪の音を呼ぶため

姉さんと呼びて慕ひし人も逝き傘さし送るあぢさゐの道

しとど降る夜来の雨もあしたには露と呼ばれて草の葉にのる

一年の早きを言ひつつ六月の生き生きサロンに紙独楽を折る

① 701-1221　岡山市北区　② 心の花

八柱神社

福光《ふくみつ》　滝子《たきこ》

八柱神社の大公孫樹二本が黄葉して風の吹く度その葉をふらす

八柱神社の杜に鳴きゐるは鶯よ五十年住みゐて初めて聞きたり

境内の太鼓の音が高くなる神楽も佳境に入りたる頃か

年改まり八柱の宮へ詣で来て村人と新年の挨拶交す

早朝のラジオ体操に子供らはお宮へかけゆく今日から夏休み

十年ぶりに廻りてきたる八柱神社の注連縄作りに吾も参加す

初詣での人も途絶えて八柱神社を拝みて廻る星がきれいだ

須佐之男命が石塔に鎮れる八柱神社を慎み歩く

① 719-1176　総社市　② 龍

小蕪のポタージュ

藤井《ふじい》　玉子《たまこ》

夫といふ頼みの綱を失ひて手負ひの獣のごとく生きをり

われに姉ひとりゐることのありがたさ夫亡き日々もわれ病む日々も

真昼間のバスはほとんど媼にて「よいしよ」「よいしよ」と乗り込んでくる

橋三つ渡りてゆけば異邦人見知らぬ夏が茂りてゐたり

現世《うつしよ》にもどるほかなし今朝もまた目覚し時計の鳴るのを止めて

悔いのなき生《せい》などあらず夕暮れてことことと煮る小蕪のポタージュ

ひとりなる淋しさよりも一人なる自由のこの身朝の湯に入《い》る

百歳まで生きし母なり生きぬきし母なりあつぱれ大往生なり

① 703-8235　岡山市中区　② 朔日　③ 二月の雲雀・くすさん

風

藤井《ふじい》　富貴恵《ふきえ》

荒れ畑に遊ぶ幼の燥ぐ声土筆も蛙も玩具となして

目の丈を超えて揺れゐるポピーの花に溺れて仰ぐか空の高みを

コスモスの畑の向かうに置いて来し自転車が光るあともう少し

垂れ咲く藤の花房虻蜂をその身に包みゆつたり揺るる

向かひ合ふ山の斜面に緑濃く波打つ茶の木よ風になりたし

補陀落に続く海原日は落ちて岩に寄するは白波ばかり

水平線を流るる数多の雲あれば足摺岬の日の出が見えず

満濃池のはるかに見ゆる山の端が水面を渡る風を青めぬ

① 715-0004　井原市　② 龍

吾の日常

藤岡《ふじおか》　智枝子《ちえこ》

青き田の畔を行く女性絵とも見ゆ麦わら帽子と赤きブラウス

子を抱きて氏神様に詣でし若き母そつとのぞけば寝顔愛らし

草刈るに残し呉れたる彼岸花亡くなりし人安らかにと咲く

孫五人慈しみ来し祖父母ゐて己の道を皆歩みをり

惚けないでと冗談まじりの励ましに気を張りゐても現実は厳し

雨の朝侘助一輪落ちてをり咲いてゐたるを吾知らずして

望むとも望まざるとも八十路越ゆるに吾の「終活」いまだ終らず

もう一度背筋伸ばして歩きたし叶はぬを知りても老いの夢なり

① 赤磐市　② 赤坂短歌

後楽園

藤木《ふじき》　悦子《えつこ》

新年に舞う丹頂はそのむかし郭沫若氏に賜わりてより

きさらぎの松のこも焼き春近し後楽園に煙たなびく

春さむき園の梅林に近づけば香り漂い烏城遠景

後楽園に散る花びらの優しくて水辺の詩碑は有本芳水

烏城よりの風うけ揺れる大賀ハス古代の風情今に伝える

夏の夜の後楽園の薪能引き込まれゆく幽玄界へ

夕暮れて延養亭に灯の点り幻想の庭を人ら行き交う

日本晴れの烏城背にした和太鼓の音は勇まし吸いこまれゆく

① 709-0842　岡山市東区　② 真葛短歌

子供と孫まで

藤田《ふじた》　惇子《あつこ》

人は皆哀しみを背負ひて生きてゆく明るく振る舞ふ日常の中に

こつそりと似顔絵を描きて感心すわが腕はたしかだ誰かに見せたし

水面には蛍の光が映りゐて河鹿蛙の鳴く声もする

曙の空に残れる白き月と競ふがごとく白木蓮咲く

おだやかに寝息をたてて眠る孫よ遠き日のわが子らを思はせて

青空の下に数多の荻がゆれ私もいつか風になつてゐる

雨の日はわが癖つ毛がひどくなりて子供と孫まで皆同じとなる

玄関を開けるとパンとコーヒーの香りして今朝も母は元気だ

① 710-1101　倉敷市　② 龍

せせらぎの音

藤原《ふじわら》　明美《あきみ》

雨止みていまだ間のなき野面《づら》より聞こえて寂し蛙鳴くこゑ

雨後の庭の一箇所更けて光るのは地球裏面の灯りかも知れぬ

此処に別れてそれより長く逢はざりき今宵橋に聞くせせらぎの音

封建的ゲームだと言ひつつ指す将棋歩《ふ》は王将の為に死にゆく

父逝きて十六年余を生きたりし母の晩年を思ふことあり

父母此処に一生《ひとよ》を生きし家出でて子の移り来し庭のコスモス

敗戦近き古本屋で父が買ひくれし簡野道明故事成語辞典一冊

街路樹の楠の木蔭に憩ひつつ少なくなりし友を数ふる

① 710-0142　倉敷市　② 白珠　③ 遠き月日・積乱雲

檀那寺にて

藤原《ふじわら》　弘子《ひろこ》

報恩講まぢかくなりて障子張り吾も手伝ふ寺の廊下に

里芋の太き株掘り寺用に芋の大きさ選り分けてゆく

大釜の湯気立つなかに我が作りしはうれんさう茹でる寺の裏庭

我が作りし里芋多く用ひたる煮物汁物御斎の膳に

千畳に近き御影堂に我等唱ふ正信偈和讃響き渡りつつ

親鸞聖人御真影の御前に身を引き締めて宣誓したり

教導師の講義に度々出で来たる帰命の二文字の忘れ難しも

吾が法名授かりし三文字をかみしめて仏弟子となりし喜びの湧く

① 714-0012　笠岡市　② 青南

八　首

藤原《ふじわら》　廣子《ひろこ》

梅林の花から花へ移りゆく紋付鳥が花散らしつつ

はらはらと花びら散らす目白五羽鳩に追はれしがまた戻りくる

目を奪ふ車窓の景色も束の間なり新幹線にはトンネル多し

焼きカレーの黄色い旗がたなびいて煉瓦通りの門司港レトロ

公園の河津桜に誘はれて小鳥とわれと芝生を走る

無法松の小倉太鼓が聞こえぬかそんな気がする小倉の夜は

笑ふ度しわが増えるが脳に良し笑ひヨガのやうに笑つて過ごさう

露天風呂浸かりて空を流れゆく雲をひととき追ひかけてゐる

① 701-0304　都窪郡　② 龍

夫の夢

藤本《ふじもと》　孝子《たかこ》

病室に置きしトランジスターラヂオにて競馬中継を聞きゐし夫よ

岡大の公孫樹並木の銀杏を拾ひ持ちくれし青年を思ふ

隣室に入院してゐし青年が若き背を陽にさらせるを見き

夫在らば馬も一頭ゐしならむ馬主になるが夢なりし夫

大山の牧場に二人で遊びしは互ひに未だ未婚なりし頃

雨の日は馬小屋にゐる馬の下をくぐり遊びしわれの幼日

馬車引きの九平さんは大酒飲みで妻子はをらず馬と暮らしし

孫を連れ競馬にゆくもかなはざりし夫よ今日は「皐月賞」です

① 716-0036　高梁市　② 龍　③ 春楡のうた・ぽかりぽかり

それぞれに

藤本《ふじもと》　伸子《のぶこ》

語りべの翁にハグするオバマさん国境こえての愛のあかしか

スピーチも超達人のオバマさん世界平和にぐつと手を出す

ひ孫抱き成人式は見えないが入学式は見たいと思ふ

爺さんに抱かれて眠るひい孫よ我の血を引く手をにぎりしめ

「のかかかな」これを直せば良いのかな全身麻酔とも添削を受く

父方にも母方にもあり不幸の便り心もなえて仏具を磨く

仏壇に今日も言ひゐるぐち話らふそく付けるも忘れてゐるか

夕立に両手をあげゐる釣忍つめる炭で包まれ枝に吊され

① 美作市　② 能登香短歌

「老いの日日」

船曳《ふなびき》　文子《ふみこ》

坂道を登り下りの散歩道車椅子押し呉るる嫁の笑顔よ

ちょっとだけおしやれなどして写りをり一年生の曽孫の横に

見もせぬにテレビの映り続くるをそれでよしとする独りの暮らしよ

まだ一人で暮らしてますかと声掛くる「まだ」の意味なる複雑さを思ふ

生涯をマイカー持たぬこの吾もシルバーカーは立派なるマイカー

初燕の声聞きませと仏壇の扉を広く明け放ちおく

ほととぎす季節たがへず咲き初めぬ夫の命日覚えてをるがに

薄みどりの新茶の色の冴えたるにしばし見とれて幸せふくらむ

① 709-4234　美作市　② 龍

をりをりの花

古川《ふるかわ》　勝子《かつこ》

一夜にて雪を被りし臘梅は色なき庭に仄かに香る

吾は今野原歩きて春を踏むアフガンの地に花は咲くのか

時折りに受胎告知のやうな陽の射して明るむさくらの蕾

花芽抱く大手毬の葉に春しぐれ雨恋ふものに豊かなる午後

山合ひに世の喧噪を包むやう太古の清しき大賀蓮咲く

グランパス広場に憩ふ人は皆ひまはりのごと陽に向かひをり

ほどかれてためらひながら落つる葉よ朽ちゆくものに秋の日やさし

をりをりに出会ひと別れくりかへす花を愛しむ椅子ひとつあり

① 岡山市北区　② 一宮短歌

歌ありて楽し

ほり　こじは

「この道」を米寿が歌ひ「赤い靴」を卒寿が歌ふ歌ありて楽し

虚ろなる眼差しの人に「朧月夜」を歌へば頰に微笑みが戻る

老紳士車椅子よりぬうっと立ちビギンのリズムにのりて歌ひ出す

サルビアの燃える季節がそこにあり「サルビア」を歌ふ夢も近いか

「ゴンシャン」の手折り持ち行く曼珠沙華その花の色は白秋の色

アスパラがオリーブオイルと出逢ふ時遠い蝦夷地のはつ夏が映る

「彦乃」の抱く黒猫までも妖艶で「おろく」の猫は気位高し

一面の青空にむき「生きてるよー」と叫んだりしてわたしは生きる

① 700-0034　岡山市北区　② 龍

花と語る

本元《ほんがん》　由美子《ゆみこ》

蒲公英の絮の自由持て野に出よう野薊のごと弧高でゐよう

長しへに弛むことなき鬱のあり黒南風荒れて落つる青梅

雨に煙る醍醐桜に会ひに来ぬ悠久の時がわが胸を占む

碧空に薄紅色の花の下はつはつに吾子は歩み初めにき

雪を積み折れたる梅の老木の芯の赤きは花の心か

山茶花の花喰ひ尽くし鵯は「雨水」のひかりの中に翔び立つ

雪道を駆ける車の窓を過ぐ春立つ朝の白梅の匂ひ

花々と語りて庭を巡りゆく殺生の罪少し重ねて

① 719-3156　真庭市　② 地中海

面影

間野《まの》　絹枝《きぬえ》

子らの支へありて今年も初まうで卒寿を越ゆる夫婦の祈り

床《とこ》に活けし蠟梅の花馥郁と新春の屋内《やぬち》に甘き香満たす

早世せし娘《こ》の手作りの内裏雛飾りて暫し面影偲ぶ

花好きの嫁にゆだねし杜鵑草《ほととぎす》美事に咲きて言ふ事もなし

賜はりし亡友《とも》の面影たたせつつ杜鵑草の花二十年余を咲く

拒みゐし長髪ばさりと切り落し鏡に写る断髪のわれ

「断髪も似合ひますよ」と理容師の言葉に何か救はるる思ひす

「冬至よ」と柚子をごろりと近く住む友が抱へて届けてくれる

① 701-1463　岡山市北区

プードルがきて

前田《まえだ》　智恵子《ちえこ》

ビルの窓にうつる満月を追うてゆく兔の雲がくれせし満月を

もはや何もないよと思ひ返しをり雨後のとばりに山茶花の花

かつてない今年の寒さの厳しさに抱くプードルのほどよい温もり

桜・サクラ・いまみてゐるのはどのさくら春の嵐に花びら散らす

庭を飛ぶ蝶にほえてるプードルをなだめもせずにわれは見てゐる

筋肉痛・打撲痛でさへ再発かとうたがってしまふあれから七年

本降りかと思へばすぐやみ庭の蟬は鳴くか鳴かぬか迷ひてをらむ

この暑さ横になるしかない犬か苦瓜の葉陰に腹で息して

① 700-0826　岡山市北区　② 龍

老いふたり

牧野《まきの》　敏子《としこ》

「私達今日記念日よ」「あっそうだ」六十年目が静かに暮れる

言はざりし聴かざりしなどと言ひ合ひて争ふ夫のあるこそよけれ

一帳羅はあの世で着ると夫の言ふ並びて写真撮りたき我に

「満月がきれいだよ」との夫の声わが眼に見ゆるはおぼろ月二つ

戦ひの記憶秘めたるままに生くる九十二歳の夫の背まろし

歳一つ加はる真夜を目覚めゐて闇の向かうに明日を見つむ

春一番吹きて白梅散りにけり九十路のめぐり失せごと多し

ある朝ふと目覚むれば家内にだあれも居ないそんな日が来る

① 708-0021　津山市　② 鶴山短歌

激　震

牧野《まきの》　冨美子《ふみこ》

那岐の峰いまだも白く飛ぶ鳥のつばさに光るは春のきらめき

花びらを浮かべて流るる曲水は昔を今に歌を浮かべて

夜のテレビ突如報ずる激震のまたも襲ふか悲運の日の本

災の地震《なる》の地に集ふボランティアの汗は被災の地に浸みてをり

朝々に映りしわが身の哀楽や鏡の向かうは冷たき暗黙

繰り返すいくさ尽きねばこの星《ほし》のゆきつく果ては廃墟の星に

形見なる時計の秒針こくこくと七《なな》とせ過ぐる時を刻みをり

形なき夢の浮遊する頭の内摑むことなき老の明け暮れ

① 708-0035　津山市　② 鶴山短歌

思い出を重ね

槙野《まきの》　好江《よしえ》

庭先のろうばいの木にあさ日さしゆきをもちたる花びら透きぬ

履きものを左右違えてすまし顔ピョンと飛んだ孫は三さい

貴婦人のごとくに歩くプードルは飼い主自慢のスペシャルカット

つくし三本みつけてうれしむかしむかし母と摘みたり島の畦道

角度かえさつきを写す老紳士銜えパイプの仕草は素敵

枯葉落ちたわわに実る熟柿あり採られるを待ち夕日に照りぬ

見つけたり淡き黄色い睡蓮がめだかの鉢に一輪咲くを

満開の桜を前に深呼吸五感に春の香りを浴びる

① 710-0014　倉敷市

紅きコスモス

松井《まつい》　洋子《ようこ》

逝きし父母が墓より見下ろす空き家には春の花々咲き揃ひをり

原爆にて死せる人らの処理ししを言ひしは父の晩年のこと

空き家増え墓守りは来ず草刈りは居残る夫の仕事となりきぬ

新刊の本の匂ひを聞《か》ぎをれば新たなる風が体を巡る

君が言ふ人と私の思ふ人が次第に近付き焦点が合ふ

幼日に噛みゐし「ズボ」の白き穂が風に揺れをり赤味を帯びて

絶え間なく老いを育つる身となりて紅きコスモスはわが丈越えゆく

底無しの井戸を浚ふがに若き日の昔語りは次々続く

① 709-4201　美作市　② 龍

のちの孤独に

松浦《まつうら》　美智代《みちよ》

夕闇が四辺にやさしかりし野に何処より入らむ我は穏者か
夢を追ひ夢を見たれば寂しくて早早と晩年我は崩るる
魂も物質といふにこの世より抜け出づる一瞬の光る鷺かも
夕暮れの川面を鷺が飛びゆけり悲しみだになき白さひらつかせ
直線の道のかなたゆ来る影のくねりつつ幸か不幸か運ぶ
約束など誰とも交はさずこの世をば抜け出でゆかむスーパームーンと
夕ぐれをかかる公園に来てぽつり立ちゐる定めに安らがぬかも
鷺一羽冬の草原に消えゆきてのちの孤独に川が凍れり

① 美作市　② 潮音

バカンス

松田《まつだ》　啓子《けいこ》

野辺に咲く名も知らぬ花に惹かれつつ踏みしめ歩む蒜山の大地
バンザイと心の中で手が上がる掛かる雲なき大山仰ぎ
道聞かれ答えるわれも蒜山でバカンス楽しむその一人なり
蒜山でにわかに降りて雨宿りすれば楽しき雨のドレミファ
ようこそとシルクの風が頬なでて心ほぐれる蒜山の秋
サルビアの赤く燃え立つ秋日和遥かに望む伯耆大山
深む秋夫婦四人で鍋かこみグラス重ねる高原の夜
蒜山の夜は冷えこみて湯湯婆の潤いおびたる温みほんのり

① 709-0846　岡山市東区　② 真葛短歌

おひとりさま

松元《まつもと》　慶子《けいこ》

無骨なる左手《ゆんで》でわが肩撫でたるは今際の謝意かと思いめぐらす

骨太の黒蝙蝠が五月雨に使う者なく棒立ちとなる

愛してるなんてなんて面映ゆく言わず一世を過ごせし不覚

A型の君の夢見た法曹界百のノートにきっちりの文字

六十年使い続けし加美乃素　鏡にうつる亡夫を待ちいむ

断捨離に君との思い出畳みつつ衣類のあまた捨てがたくいつ

奥津城の末席に建つ一周期骨とも別れいよよ淋しき

ここだくも悲しみ迫る中陰の読経の韻に袖のしぐるる

① 700-0972　岡山市北区　② 水甕　③ 伏見院の和歌

日々の思ひ事

松本《まつもと》　敦子《あつこ》

角刈りに揃へし街路樹の山茶花に「おみごと」と言ふ寒きこの朝

昼すぎより糸のやうなる雨となりまた来年と桜に約束

田に植ゑたる「ソーラーパネル」と思ひつつ電車の窓より一人見てゐる

水張田に足の長きを自慢げに白鷺三羽闊歩してゐる

晴れやかに出勤できぬは理由あり鏡のやうな曇り空を行く

かつ丼は異動の餞別おごります三年半なり机並べて

五月連休の今日のバーベキューにて福沢諭吉とは別れしままなり

「愚図らぬ」と胸に手をあて誓ひをり六歳の誓ひは真剣そのもの

① 710-1101　倉敷市　② 龍

舞妓さん

松本《まつもと》　雅恵《まさえ》

全国大会より戻りしわれを迎へるは雲一つなき中秋の名月

憧れの京都で舞妓さんと遊びたり目尻に点せる紅の愛らし

落ち込めば力一杯鍬を振る菜園の土蚯蚓も出でて

再就職も叶ひて娘は一年過ぐ琴平温泉にと誘ひて呉れる

夜桜のお酒に一片の花びらを浮かべてくれし君の懐かし

竜の如砂押川を遡る津波の映像は見るに恐ろし

戦死せるその若き父に初めて逢ふと黄泉への準備を夫はしてゐる

夫の逝きし雨降る庭に石蕗の黄の花が咲き冴え冴えとして

① 710-1101　倉敷市　② 龍

わが生きの跡

松本《まつもと》　美千子《みちこ》

飛んで来し栃の一葉を閉じ込めてバケツの薄氷華やぎて見ゆ

誕生日に子や孫からの祝メールそれぞれ近況添えて届きぬ

故里のラベル貼りある蕗を手にわずかつきたる土に和めり

小庭辺の常磐木にやどる石斛の純白の花は真夜も明るむ

遠住みの病む友想い書く便り水彩青き朝顔そえて

折り目より破れし亡夫の遍路地図霊場めぐりの苦労しのばる

遍路ツアーは見知らぬ人との出会いにて語り合うことすべて感動

八十路すぎ短歌あり書あり絵画ありて至福と思うわが生きし跡

① 710-0043　倉敷市

家族の歌

丸尾《まるお》　悦子《えつこ》

五十年は亡き夫のもの残る生《よ》は己が為と短歌詠む旅

馬を愛でゐし夫と乗馬せしグァム島の丘の牧場を家族で訪ひぬ

怪我したる子が剪り残せし楓の枝剪らむと持てば重たき鋏

来なくとも良いと言ひ置き入院せし吾子を見舞へば少年の笑み

母さんはうるさ型なれど人の手を借らぬが良しと子が賞めるなり

花の旅何処にせむとスマホ繰る娶らぬ孫がわれの友達

腰痛のお前の分までとスコップを提げて除雪に出でゆきし夫

今在るは貴方のお蔭と掌を合はす吾に遺影の夫が苦笑す

① 708-0001　津山市　② 地中海

つれづれの歌

万道《まんどう》　富子《とみこ》

初春の陽に照り庭の南天の朱実まろまろ微笑むごとし

高き松丹念に終へし剪定も今年かぎりか危ふき吾が脚

葛の根に背高泡立草のはびこりしを丹念に掘りて田を守る夫

終に今年七反歩の田を委託して安らぎもあれど愛しみもあり

鶯もほととぎすも鳴く裏山の父母の側に夫との墓を据う

冗談を良く言ふ夫が生真面目に舞台で踊る「赤垣源蔵徳利の別れ」

接木せし栗の木に実がなればもう一年もう一年とて頑張り拾ふ

庭池の緋鯉もすでに冬ごもり紅葉を映して静寂の朝

① 701-2203　赤磐市　② 赤坂短歌

圏外

三浦《みうら》　尚子《なおこ》

縦横にのびる電波が見えるなら塗りつぶされるか青いこの空

パソコンもスマホも持たぬ私は電波の外の静けさに居る

ガラケーの菜の花色にほんのすこし電波を寄せてのんびり暮らす

「知らなくてよい権利」もつ〝ニングル〟も私も探す電波圏外

「ナウナウナウ」今を生きよと声がする東京駅の地下の細みち

囚人の服の柄なるボーダーのシャツを誰もが楽しげに着る

リクルートスーツは〝時間泥棒〟の服ではないか逃げろ若者（ミヒャエル・エンデ「モモ」より）

ひとりずつ家族連れ去る〈東京〉はスカイツリーという角生やす

① 701-0211　岡山市南区　② 心の花　③ くゎんのんの街

「娘よ」

三澤《みさわ》　雅子《まさこ》

篤姫の享年を四十九と知りあなたと同じと亡娘に話す

名月を「きれいね」といつも言ひし娘よ月の便りを送つてくれぬか

亡娘はいつも星を見上あげること多し誰かと見たる思ひ出ありしか

去年《こぞ》求めし盆栽の桜満開にわれの春ぞと嬉しき数日

「拙《せつ》守る木瓜になりたし浮き世の身」姜尚中の句心ゆさぶる

雨の中新成人の孫が来ぬ娘の振袖着しが娘とそつくり

高齢の両陛下のペリリューへの旅慰霊と不戦の心に胸あつくなる

両足院所蔵の若冲の「雪梅雄鶏図」初めて見るに前を動けず

① 703-8288　岡山市中区　②龍

老々介護

三田《みた》　利子《としこ》

吾が夫の言葉が不明となりきたり老々介護もすでに七年

老い夫の足腰日毎に弱まればリフォーム成りてほつと息づく

半日の家居に倦みて降り立てば庭隅の白き水仙眩し

窓に映る己が姿に納得し心地良く席を譲られてをり

鬼は外と鬼を払へば己が内の鬼を払へと娘が笑ひをり

町内の花見の会の賑はしくうれしさうなる車椅子の夫

傘踊りの傘にも花のしき降りて花見の会のいよよ賑はし

週に二度「デイ」に通へる道すがら苺ハウスのほつこりと建つ

① 701-2223　赤磐市　② 赤坂短歌

母の声

三皷《みつづみ》　奈津子《なつこ》

新聞の四コマ漫画の「カンちゃん」にふふと笑ひ今日が始まる

海を見に行かうと言へば行かうと言ひ「夕焼け小焼けライン」を走る

大鴉が羽根を振り振り飛んでゆく大丈夫だと言つたかどうか

「こんにちはお気をつけて」とやさしき声に労はられゐる杖つきをれば

向かう通るは乗り合ひタクシー「雪舟くん」あの世この世を行つたり来たり

しののめの頃ともなれば去りてゆく夢の中なる兄妹よ

おかへりとどこかで母の声のする村にはれんげも桜も咲いて

作り笑ひ上手になつて晩年と言ふ年頃を生きてをります

① 719-1172　総社市　② 龍　③ 雪祭・花祭、通りすぎるもの

元気を出そう

三宅《みやけ》　由紀恵《ゆきえ》

豆まきを子供のやうに燥いでする母と夫とわたしの三人

十歳の孫が作りし弁当で夫と三人花見をしたり

夫の部屋の窓を開ければベランダにぶだうの緑がカーテンをなす

友の死を悲しみ寝られず朝になる気持ち切り変へわれ生きむとす

赤とんぼが垣に止まりて動かざるをわれも座りてそれを見てゐる

「あれあれ」と言うて言はれて我と夫なかなか言葉が出てこずにをる

元気な伯母聡明な義母認知の母それぞれなれど九十五歳

倒れても倒れても立ち上がり花を咲かすコスモスよ私も元気を出さう

① 715-0021　井原市　② 龍

はじめまして

三宅《みやけ》　嘉乃《よしの》

紅蜀葵スクッと立ちて花咲けり正面も好し横顔も好し

塒へと鳴き交わし行く白鷺の羽裏へ映る茜仄かに

来る年の作付危ぶむわが心風重なりて稲押し倒す

従兄弟等と黄金の波の道を行く水攻めの城此処に在りしか

椿絵展幹有り枝有り照葉有り落ち敷く花も美しきかな

夢多く悩みも多き青春に幸せ探した牧水の跡

前に立つ珊瑚楓は散り果てて陽光さんさん居間温まる

水鳥のおおかた発ちて残りたる番は土手の餌も拾いつ

① 710-1301　倉敷市　② まきび短歌

吉井川の辺に

三好《みよし》　慶子《けいこ》

大いなる風の袋に入れられて海越え来しや彼岸の黄砂

常に無き声に振り向けば白鷺が争ひをりたり三羽乱れて

裏道に雪の残れど散歩する犬の毛先に春陽光れり

顔に帽をのせて寝転ぶベンチのひと三寒四温の温の日の午後

霧深き朝の川辺に想ひをり山の上より見る雲海いかにと

大寒の橋の上なり突風は自転車もろとも倒さむがに吹く

日暮るれば鴉の群れが黒雲のごとく飛び来るビルの屋上

飛び立てる低空飛行のグライダーに園児ら手を振る河川敷より

① 708-0862　津山市　② 鶴山短歌

布袋さん

水島《みずしま》　公子《きみこ》

早春の池にいくつの鳰が浮きひとつ潜ればひとつ顔出す

湯の宿の刺身に添へある桜一花《はないちげ》くひしんばうわれは食べてしまひつ

白式部むらさき式部の花やさし昨日のこだはり早く忘れん

山法師は高みに見るべし葉の上にゐ並ぶ花の白の清しさ

庫裡訪ふに作務衣の外人雲水は床に正座し手を膝に置く

なみ繁るすすき尾花はしなやかに右へ左へ風ともみあふ

わがもらすため息ほどの量ならんかさりと落つる枯葉一枚

石材店の庭に位置占む布袋さん笑まひも豊か「秋が来たわい」

① 701-1221　岡山市北区　② 一宮短歌

生かされて

水島《みずしま》　實子《じつこ》

新聞の歌壇に湯豆腐の歌ありて私も今夜は湯豆腐にせむ

無農薬にて育てしゆえに穴だらけと息子が笑ひつつ白菜持ち来

「氣にいるかどうか」と嫁が卆寿祝ひにくれし包みをどきどき開く

卆寿祝ひ孫子《まごこ》の書きくれし寄せ書きの私の似顔絵がちと氣にいらぬ

不覚にもインフルエンザにかかりたり歌は作れず外にも出られず

九十を越えし歌人は幾人《いくたり》ぞ九十になつて氣になつてくる

同年の歌人ははやも世にあらず前登志夫また富小路禎子

生かされし九十一年ありがたし誕生日今日春うららなり

① 岡山市北区　② 龍　③ 最良の一日

ヒヨドリおまへも

水本《みずもと》　美恵子《みえこ》

山の気がきーんと身にしむ菩提寺の竜王池に消えてゆく雪

芽吹きたる福寿草のあたりより土の色見せとけてゆく雪

身にしみる冷気の中を再診の夫に付きそふやうやく癒えて

八十を超えたる命の一年がこのごろ切にいとしかりけり

吾をひたに待つと思ふに雪うすく被ける郵便ポストが遠し

色白の義姉ますます白くなり雪の舞ふ日に去《い》にてしまへり

去年母の逝きて今年は義姉の逝く二月この家にうから集ひて

ヒヨドリの一羽が椿を食みに来るヒヨドリおまへも孤独ならんや

① 710-0807　倉敷市　② 香蘭　③ 釉裏紅・野鳥の道

思ひ出

光井《みつい》　房子《ふさこ》

嫁ぎきて七十年を見守りし柊の樹に一世を想ふも

恵方に向き恵方巻を食む節分の行事たのしむ家族ありてこそ

初鳴きの鶯の声流れきて何だかたのしい朝の散歩道

庭先に三十輪の水仙がしづかに咲きて春風にゆるる

短命なる血筋に生れし身なれども米寿を迎へよくぞ生きしと

心配なし内科の医者の此の言葉安堵深まる今日の診察

収穫せしはうれん草の赤き根が眼に映れば母想ひ出す

父母よりも長らへ生きし此の命如何なる時も平凡なる暮しを

①　709-4203　美作市　②　能登香短歌

朝の味噌汁

光石《みついし》　宣子《のぶこ》

パンの耳にて一日を生きる人ありと思えば朝の味噌汁とうとし

今朝の風やさしきことを確かめて馬鈴薯畑に灰振りに出る

一粒のぶどうを食めば蘇えるキャンベル作りし遠き日のこと

ふり仰ぐ醍醐桜はどっしりと大仏のごとき威厳保ちぬ

虫すだく庭に匂える鉄砲百合一株十七輪の花数え立つ

十八年介護の姑を憶いつつ嫁いらず観音に今日は詣でぬ

甘酸ゆき香りを厨に満たしつつ苺ジャム煮るこころ足らえり

永年を作り来たりし峡の田は今年かぎりとしばし佇ち見る

①　709-4305　勝田郡　②　勝央短歌

知覧

光森《みつもり》　恭子《きょうこ》

南国のムード醸して鹿児島にハイビスカスは霜月を咲く

ちりちりと肌に染みくる指宿の砂蒸しに寝て浜はゆうぐれ

南薩の海の中よりそびえたつ開聞岳の美しき稜線

酒を汲み別れの手紙したためて三角兵舎の出撃前夜

帰るなき機の幾たびも舞いしとう開聞岳に別れを告げて

クリスマスツリーを飾る北野坂遥かとなれり神戸の震災

枯菊を束ねて今年の菊を焚く私淑のひとへの訣れを込めて

除夜の鐘ききつつ詣ず山里の石段をともす裸火温し

① 709-0605　岡山市東区　② からたち

雨

宮木《みやき》　道子《みちこ》

若きときは沢田は淋しい所と思ひたるに老いたる今は一番住みよきところ

高枝にとまりてするどく鵙の啼く深き朝ぎり晴れ渡りたり

白萩の花ほろほろと落ちてくるはきよせてゐる我の頭上に

雨の降りて早く夕ぐるるこんな日は早く雨戸をとざしてこもる

かわきたる我の心をうるほして降りつづけたる冷たき冬の雨

今日は雨窓ごしに見ゆる操山うすずみ色にかすみて見ゆる

夫も逝き夫の植ゑたるこの庭の大王松も枯れてしまひつ

とめどなく雨の降りをり傘をさして沢田の道を歩きゆきたり

① 703-8234　岡山市中区　② 龍　③ あるがまま

白さるすべり

宮野《みやの》　愛子《あいこ》

テレビの灯の青き夕べの部屋のうち物のあふれて人かげ淡し

水田に人がひとりで機械植ゑしをれば嬉しそしてさみしい

いぢめられて自死せし中学生の記事が載るまた載る早苗田の青む日頃を

ＬＥＤの青き光の外灯が辻にともりて村のニューフェース

桜の実落ちて路上に潰れをり特攻兵の征きて遥けし

戦争を忘れた日本の危ふさを綴りつづけた野坂昭如

「キノコ雲」に似る雲が浮き消えゆきぬオバマ氏きのふ広島を去り

人の亡き家の庭木の天をつく伸びのさびしさ白さるすべり

① 708-0823　津山市　② 龍　③ 水の影・草の花

一枚のレシート

村上《むらかみ》　章子《あやこ》

寄るものに群が騒立つ鴨見つつ年の初めの街に出て来る

すれ違うひと追い越してゆく子供みんな知らない人ばかりなり

かかわりの無き人と人一瞬の時を共有する交差点

デパートに入らんとして渡りゆくゼブラゾーンにはつかなる雪

初売りの花びら餅を購いて一片の紙レシートもらう

年月日・会員番号・場所・時間　レシートにある個人情報

一枚のレシートこれがわたくしの今日のアリバイ　あ、風が攫った

価値感の違いは言わず軽きものは一枚の紙そしてかかわり

① 709-0853　岡山市東区　② からたち　③ 白色のリリシズム・風の城

海辺の景

毛利《もうり》　智恵子《ちえこ》

朝潮の満ちし河口に寄せながらつぶやく如き海波の音

天神河口に上げ潮せめぎ寄る波のしらしらとして夏は来むかふ

青波はきらきらと凪ぎ渡れども暑さにけぶる沖の島々

風のある海に向ひて座りをり居敷の下の石が冷たい

なんとなくわが来し方を思はせて大日輪が海に沈みゆく

唐琴港も暮れてゆくよと見てをれば明り灯して出でゆく船あり

瀬戸内の島々消えて影となす人住む島に明りが灯る

日が暮れて地蔵詣りのわが耳に届くは単調なる波の音のみ

① 711-0904　倉敷市　② 龍

相聞のとき

物延《ものべ》　光子《みつこ》

春の雨あがりし朝のつくばひに掬へば白し桜花びら

ひねもすを桜に対ひ座り居り言葉の要らぬ相聞のとき

八十路ふたり足もと危ふく薄昏れの野辺にほうほう蛍を追ひぬ

ほうたるの須臾《しゆゆ》の光に惑ひつつせせらぎ近き山路をゆく

散歩より戻りし夫の肩の辺に風の零せし白萩の花

故郷は古都　比叡颪の吹く冬はこもりて読みし晶子相聞

年老いし兄居り友居り山河あり　京洛《みやこ》は寒き冬の陽炎《かげろう》

ネクタイに替るスカーフ衿元にあしらひ夫をホームに送る

① 701-0104　倉敷市　② 窓日

小花のひまわり

守屋《もりや》　万里子《まりこ》

一本の小花のひまはり咲き残り黄色は庭を明るくしたり

庭隅の手水鉢の掃除をし清水を張りて猫を待ちをり

庭木をば夫は早ばやと剪定す又一本木がなくなりてをり

年毎に風通し良くなる我家の庭切られし株のそばでバラ咲く

少しづつ欅の街路樹色づきて秋の深まり告げる夕風

廃材をうまく使つた宇野の「チヌ」親子で瀬戸の風に吹かれて

夜来の雨土のしめりに激しさを感じる今朝は小春日和に

折鶴は平和の象徴オバマ氏の鶴の前には「スマホ」が並ぶ

① 701-1154　岡山市北区　② 龍

熱き想い

森《もり》　伸子《のぶこ》

多職種のスクラム組んで立ち向かう熱き想いの在宅介護

朝の道にほのかな香り通り過ぐ振り向き見れば沈丁花咲く

たおやかにシロバナタンポポ咲き乱れ優しき風になびき踊れり

つんとして青き稲穂は上を向くまるで反抗期の娘のように

雀らは小春日和に寄り合いてさえずり高き秋の合唱

鯖雲は翌々日の雨告げると山好きの父空仰ぎ云う

南西の一番星は輝きてエールをくれるいつもいるよと

鍋囲み日々の話に花が咲く平平凡凡これが一番

① 701-0161　岡山市北区　② からたち

梛《なぎ》の葉

森《もり》　光子《みつこ》

石道のここはどこぞと思ひゐる夢のさめぎは鵯《ひよ》が鳴きだす

ヒアシンスがひんやり咲いてゐる朝だから泣かずにわたしは立たねばならぬ

誰も誰も風船のやうに消えてゆきその後を知らず桜のときを待つ

柿の木の下に咲きゐる蕗の花川を隔てて見てゐるわたし

水の色に蕗が大きく花ひらく老女の夢のやうにほろほろ

ちがやの穂呼ぶがごとくになびきつつ空にときをり綿毛をとばす

風はいま野を渡りゆく少女らの縄とびあそびの歌声のなか

きよらなる実を結べよと手のひらに梛《なぎ》の葉ひとつのせて願ひぬ

① 710-0026　倉敷市　② 龍

煌めく波

森川《もりかわ》　いづみ

声あげて子らと遊びし砂浜に浜えんどうは風に揺れ咲く

植えつけの応援に行くと子のメール豊作になると夫は笑えり

冬瓜の収穫に励む日びにして寄せては返す波の音聞く

ぽつぽつと釣り舟釣り人操り出せば海見ゆる畑に我は繰り出す

鶯の鳴き声しかと聞き分けて今朝より春のたしかとなりぬ

小魚を裁く傍らで距離を置きどら猫は我をじっと見つめいる

煌く波瀬戸渡る風その浜に停てば憤りなど些細なること

煌きつつ寄せ返す波よ吹く風よ確かなるものを感じる朝よ

① 701-4302　瀬戸内市　② 唐琴短歌

梅雨に一人

森田《もりた》　至《いたる》

梅雨入りと気象予報は告げたれど雲一つなき朝空に鳥鳴く
梅雨入りの朝晴れわたる青空に輝く裏山青葉の浄土
深紅のバラが一輪伸びて咲き亡き娘が佇つてゐる庭のやう
遠く住む孫娘の顔想ひ出すわが家の庭にポピー咲きたり
もう二度とあの日の夢は還らぬと栗の花咲く丘で歌詠む
梅雨入りを打ち消すごとく満月の空に向つて隣家の猫鳴く
腰痛の電気治療を施して医師はわが齢たづねて默す
梅雨晴の潤ふ青葉峠道越えて亡き娘の墓に詣でぬ

① 719-0104　浅口市　② コスモス

能登香の里に生きて

森本《もりもと》　久子《ひさこ》

年重ねし感謝の日々の春日和に両手を合はせて笑顔の暮らしをと
山裾にぽつと咲きゐる山百合の花の命の短さおもふ
村は青田稲の勢ひ日々に増す人の努力と気候の恵みに
夏空に聳えて見ゆる能登香山村の自慢の姿は二つ嶺
黄金色に稲穂ゆれゐるその上をとんぼ舞ひ舞ふ能登香の里よ
稲穂ゆれ峡の田一面黄色なり今年は豊作と喜ぶ息子
体力なく気持も細れる老いの身に曽孫の歩みと笑顔が浮かぶ
逝く年が百三歳の身にしみてこの先の健康に思ひをめぐらす

① 709-4203　美作市　② 能登香短歌

幸せな私

森本《もりもと》　三代子《みよこ》

一月三日誕生したるわが孫に「龍哉」と名付けぬみんなで祝ひて

とんど焼き豆餅分け合ひ網で焼きビールで乾杯仲よき近隣

春が来て我が家の庭に福寿草かたまり咲くよ家族のやうに

中三河の「いきいきサロン」は母の日に幼児も来たりて賑やかなる集ひ

寺参りに歩いて行ける幸せに法話を聞きつつ亡き人偲ぶ

月曜日の神戸新聞文芸欄の三河短歌を友が楽しみと

八月の折鶴ツアーにて広島の平和公園のケースに吊す

進学で我が家を旅立つ啓太です赤飯炊きます親の愛です

① 679-5224　佐用郡　② 三河短歌

句読点

森本《もりもと》　玲子《れいこ》

喉のばし空向く目白まなうらに碧を沈めて今宵ねむるや

音のなき空気を小さく震はせて手話の少女の饒舌つづく

木槿一花落つるは今日の句読点深呼吸して硯に対かふ

すずかけの葉は箱形に折れて落ち人待ちゆる小さき方舟

片手だけ落ちし手袋七日経て平らになりぬパーの象して

風が問ふ秋の足音《あ》を聴きしやとうなづき交はすゐのころの群

昼寝より今醒めしごと蟷螂の子はふんはりと葉の上にをり

語りかけまた語りかけ黒揚羽花移りゆき空の洞へ

① 703-8271　岡山市中区　③ 窓日

押車

森安《もりやす》　千鶴《ちづる》

若き日を思ひ出しつつ細き手の並ぶ施設の百人一首

押車を「ベンツ」たと言ひ職員は渡しくれたり笑顔を添へて

今日泊るホームの利用者五人打ちとけて机を囲み熱き茶を飲む

不安なる気持ちつのれる初めてのショートステイの日も暮れむとす

猫を襲ふ鳥の群れを窓に寄り離れず見てをり勝負如何にと

鯉数多泳ぎゐし堀の水涸れて残る石組み位置を占めをり

湯を入れてペットボトルにしびれたる手を温めつつ寒さをしのぐ

高き声と小声のナースら足早に廊下を通る寒きあしたに

①　勝田郡　②　奈義町短歌　③棚田の里に生きて

独り暮しの日々

八木《やぎ》　信子《のぶこ》

鵯が荒さむ前の束の間の千両が揺らす赤きつぶら実

大ぶりの土鍋を眼前に据ゑたれど今日からわたしは腹八分目

ミニカーをきれいさつぱり従弟にやりし今でも解らぬ五歳の心

CTの画像に映れるモノクロのぼやけしものはやはりわが顔

ボブ・ディランの「風に吹かれて」をピアノに合はせ後期高齢者われらが歌ふ

門先に水仙ひと株をまづ植ゑて隣家は引越しのこととするらし

冬枯れのものら根こそぎ取り去られ空家に今日から人の気配す

赤い芽吹きを花かと見せてあかしでが微かな風に戦ぎてをりぬ

①　703-8266　岡山市　②　龍

青春十八の旅

矢部《やべ》　郁子《いくこ》

歌友らと青春十八の旅に出ず長き車中を短歌語りつつ

ひさびさに乗る電車にて若きらの燥ぎいる声を心地良く聞く

園児らと叡山ケーブルに乗り合いて車内に満つる純なる声声

モネの絵のひまわり畑につづくごとルドベキア咲く比叡の花園

「エルグレコ」のドアを開けるや木の造り昔のままに珈琲香る

ゴトッゴトッの音と振動懐かしみローカル線に冬の旅する

小浜湾にあまたの筏揺れており上に二人の釣人が立つ

熊川宿のモノクロのごとき家の前に橙色の吊し柿明し

① 709-0863　岡山市東区　② からたち

風の吹く村

矢部《やべ》　生子《たかこ》

言葉には出せぬ言葉を歌にする歌にも書けぬ言葉に迷ふ

若き日に帰るすべなき若き日を想ふ夜更けに風の吹く村

水仙の花を見し犬島はるかなり夕日を受けて渡船が近づく

終戦後渋谷の街の廃屋に月洸々と照るを忘れず

日本のエーゲ海には夕映えに染まりて二艘の帆船が行く

明かり一つ置き去りの如く土手にあり桜の白き花を照らしぬ

小さき町の片影になる夕暮は打ち水のあと土の匂ひす

牛窓の海は悲しき吾が恋を断ちたる渚に白き貝あり

① 704-8176　岡山市東区　② 龍

「ああ上野駅」

安井《やすい》　孝誌《たかし》

乗る人も降りる人もなく只管に走り続ける路線バスを追ふ

蒲公英の花は咲きをへて吹く風を待つちよつと背伸びして

赤ちやんに蹴られて目が覚めたと「写メール」に笑つて見せる親となる娘よ

赤子見て誰もが自分に似てゐると目鼻を覗き込む四人の祖父母ら

看護師の優しき心胸に抱き病に打ち勝ち会へる日を待つ

不思議なり杖のことばかり言ひ続け生くる気持の支へとなりしは

今は亡き妹の思ひ詰りたる携帯メールの削除押し切る

懐かしき「ああ上野駅」の歌流れ我は大阪駅と読み替へて唄ふ

① 707-0124　美作市　② 勝田短歌

内孫の誕生

安田《やすだ》　美保《みほ》

川崎の実家へ帰り出産の嫁の予定日いよいよ近し

長の子が嫁の難産知らせ来てただただ祈る岡山の地で

難産の未だ見ぬ孫に呼び掛くるはよ産まれ来よ産まれ来よはよ

産まれたよどつちも元気と子の電話兆しのありて三日目の朝

乳の張る痛みが強しと電話あり吾もさうだつたと嫁を励ます

内孫のえいたに会へる日は来たるベビードレス持ち社宅へ急ぐ

孫を抱き初宮詣りの拝殿に鳴らす鈴の音清らに響く

吾が腕にて笑みを浮かべし孫の顔離れてゐても折々思ふ

① 719-1135　総社市　② 沃野

焦土となりし

安原《やすはら》　知子《ともこ》

戦争は岡山を燃やし高松も福山も灰にして八月十五日やむ

戦ひに負け着る物も食べる物もなき動員学徒のわれら

岡山の駅よりはるか天満屋が目に入るのみ焼土となりて

篠懸の並木通りを歩みをり夕焼空の雲を見ながら

勝つ事を信じて祈り我慢せし十二月八日大詔奉戴日

米英と戦争状態に入れりのニュースに世界地図を拡げてアメリカを見き

曲の名は思ひ出せぬがブラームス深紅の薔薇の花とここそ聴け

「にくきもの」枕草子の二十六段声を揃へて読む源氏の会の人々

①　701-0304　都窪郡　②　龍

鳥の羽音

山縣《やまがた》　圭子《けいこ》

霜の朝野仏様に菊ありき日差し春めく今朝はスイートピー

歪みたる八時十五分の時計から始まりて続くヒロシマの苦難

庭にあればぐいと抜かるる雑草も山辺の道にはやさしくそよぐ

小夜更けて東京の息《こ》と話しをり月は見えるか満月ですよ

今日といふ日の重なりて一週間一ケ月一年と迷ひ道続く

一泊の旅に出でたる夫の居ぬ夜のひとりは風音たかし

十二年乗らぬ日のなき軽ワゴン語りかけつつ最後の洗車

東風吹きて鳥の羽音の立つ里にさらに老いてもここに住みたし

①　710-0143　倉敷市　②　白珠

備前平野に

山口《やまぐち》　智子《さとこ》

良い出来と誉められてゐるわが米とさよならをする米検査場

時給安く定年もなく愚直にもなほ米作るを農とよぶなり

備前平野にあはれ睦月の雪は降る生絹《すずし》のやうにやはらかき雪

啄木鳥《きつつき》よ朝々われは起こされて汝が穿ちたる木屑を掃けり

白雨を裂き稲妻ひかる空のもと備前平野に穂孕みの青

許すとは黙つてゐること樹液吸ふ蟬を鳴かせて黙す楡の木

蓄へし一夏《げ》のひかり爆ずるがに石榴は空に赤く割れたり

出棺を待つ村人は数珠を手に米の安値を話してをり

① 701-4232　瀬戸内市　② 心の花　③ 穂水

性善説

山﨑《やまさき》　佳奈子《かなこ》

何を踏み何をまたぎて行くのかと生まれたばかりの土踏まずを見る

性善説なほ捨てきれず映像の殺されし少年に涙しつつも

この先に幾たび逢へる君かとも思ひつつ振るてのひら寂し

ロボットが及び腰にて手を伸ばし介助の姿に親しみのわく

幸せは小さくて良し菜の花の蕾を食べる年の初めに

ふと触れし墓石の熱さに蘇る母の最後の指のつめたさ

後悔はつきる事なく見上ぐれば瓦の鬼が私をにらむ

身を隠す術なき富士を仰ぎゆくあつけらかんと私も生きやう

① 700-0912　岡山市北区　② 水甕

流れゆく日々

山﨑《やまさき》　典子《のりこ》

暁の雲ひとつなき大空の静かなるかな白き三日月

さくさくと霜柱踏みはしゃぐ子等そそぐ光に輝くごとし

初孫を祝って植えし河津桜見上げる空にいっぱいに咲く

懸命におしりふりふり通学路をけむしが横ぎるつぶされまいと

湖面より霧立ちのぼり流れおり亡き友はこの風となりしか

真夏日の緑田の中に白鷺の頭《づ》がみえかくれ餌を探すらし

づるづると一本引けばついてくる蔦のからまりおもしろきかな

雨あがり山には霧のたちこめて墨絵のごとし見つつ歩まん

① 701-4262　瀬戸内市　② 唐琴短歌

もがり笛

山田《やまだ》　武子《たけこ》

一晩中もがり笛鳴り裏山の雪を解かして朝に止みたり

冴え渡る朝の空気を破る如さえずる小鳥二羽が飛び行く

寒の戻り春立つ一日雪の降る夕暮れまでに二尺積りて

十薬の白き小花が木洩れ日を受けて輝く松の根元に

積乱雲入り日を受けて輝きぬ遠くの山より湧くが如くに

梟の重苦しい声山奥より深き朝霧揺らして聴こゆ

東風の霧蒜山三座の山峡を流れて下り頂上隠す

真夜中に目覚めて一人眠られず朝明けに鳴く蜩待ちつつ

① 真庭市　② 吉備短歌・蒜山短歌

入　院

山田《やまだ》　弘子《ひろこ》

朝七時〝こんちわ〟言って行き過ぎる高校生あり思わず綻ぶ

湯を汲めどバケツ一杯下げきれず半分にして上履洗う

三時半新雪踏んでキシキシと月明りにて新聞を待つ

霰降る大寒の日に期待して百歳体操初日へ急ぐ

口ついて不信と不安零れ出る四人部屋でのあちこちの声

落ち着いて比べてみればはっきりと入院時の状況ひどし

はじめ脛が笑って乗れぬ自転車をも一度も一度　乗れた嬉しさ

階段の登り降りにも思い出すリハビリセンセの眉間の皺を

① 710-1301　倉敷市　② まきび短歌

海

山谷《やまたに》　睦子《むつこ》

雨上りの北の海原春浅く空の彼方に虹のかかれり

きらきらと波打つ向こうの水平線に船が小さく消えてゆくなり

友とゆく旅なつかしき琴ヶ浜しかと歩めば鳴き砂の鳴る

砂の上に腰を下して限りなき砂浜みており美しき風紋

摩天崖の海の蒼さに立ちどまり固唾呑みおり白雲写る

時を忘れる別府の夜景は宝石を散りばめしごと輝きており

船に乗り白い帆靡かせ走るとき海の男の気分味わう

好天の牛窓の海光りおりわれは休日を秋陽と遊ぶ

① 709-0841　岡山市東区　② 真葛短歌

色つきたまご

山根《やまね》　淑子《よしこ》

シスターが天に召されます歳末の二〇一六年の空晴れわたる

シスターの言葉は胸に宿りゐて時をり我はいい人になる

身のめぐりに「和子さん」多きわれら世代も終らむとするか思へば淋し

どのやうな顔して待つてゐるのだらう思つたよりも冷たい三月の風

私にもあつたかもしれぬと思ひをり「痛恨のエラー」ともいふべきミステイク

飛行機のヘッドホンに聴くは宇多田ヒカルの幻覚のやうに遠い遠い声

「ワンス・モア」と唄ふカレンの声さびし英語の勉強にも聞きしこの声

何を待つといふにあらねど復活祭《イースター》の「色つきたまご」を窓辺に飾る

① 703-8266　岡山市中区　② 龍

いくつもの夢を脱ぎ去り

山本《やまもと》　森平《しんぺい》

夏蝶のゆきつもどりつする空の高みを過ぐる数多の衛星

教室の素粒子模型に夕陽射すラグビーの声もいつしかやみて

くちづけのような月とのふれあいを狼たちも太古の人も

からませてほどけなくなる指もあれひたすらに咲く浜木綿の夜

一本の川も天体　中空に月の力を受けて浮揚す

火星より帰還するとき君のその「懐かしさ」には濁りはないか?

わが埋めし瑪瑙を包む闇のため宇宙の闇のゆらぐ夜もあり

いくつもの夢を脱ぎ去り還りしはわれのみを抱く仄昏き海

① 710-1313　倉敷市

五十年を経て

山本《やまもと》　美枝子《みえこ》

長持唄に送られてわれは来たらしい五十年を経て友がそれを言ふ

夫婦と言ふ不思議なる縁に添ひて来し五十年とは永くも速し

半世紀を共に生き来て恋人となり得し夫に「花のチョコ」を買ふ

痛むところを探すにあらねどあちこちの痛みて今日は首が廻らぬ

わが余命十年あらば病む足を引きつつ十年生きねばならぬか

わが孫が成人式に行くと言ふ蝶ネクタイでピシッと決めて

四歳と二歳の孫が遊びをり「なんでなんで」と二歳が問ひつつ

今の世が戦前になどならぬことを今朝もみ仏に願ひ拝《をろが》む

①　707-0012　美作市　②　龍

徳利の思ひ出

山本《やまもと》　みや子《みやこ》

独り居のわびしさかこつすべもなし窓を明ければ鶯が呼ぶ

旅先きに夫婦箸選ぶ楽しさもはるかとなりていま佛膳磨く

朝々を般若心経唱ふれば応ふるごとく灯火ゆらぐ

「一本だけよ」と夫に渡せし思ひ出の徳利に入るる椿一輪

惚けることなく数へ切れない優しさを残せしままに夫は逝きたり

年老いて細りし指に光るダイヤ夫より銀婚のプレゼントなり

チチロさへ恋ひて鳴くなり寝ねがたき夜はほとほと亡き夫恋ふる

ほほ笑みし遺影の夫に好物のあれこれ思へど佛だんせまし

①　708-0843　津山市　③　みや子草

君影草

湯田《ゆだ》　恒子《つねこ》

「君影草」と教へしは黄泉《よみ》のひととなり憶ひつつ庭の鈴蘭を採る

涯て遠き如月の空引き寄せて福寿草耀ればほつこりと春

八幡宮の清掃終り憩ふときの席次いつしか上座となりぬ

杖つきて夫の採り来し蕗の臺今日の夕餉は天麩羅にせむ

詩を吟じ花材求めて野に遊ぶこの幸せのいつまでかある

詩も歌も深く遥かに栖むものか繙くわれの力敢へなし

きのふより山の萌黄の色濃くて振り返る日日はあまりに早し

真向ひの雨後の山並に立つ霧が峡間をゆつくり這ひゆくが見ゆ

① 716-1401　真庭市　② 地中海

古の音

横山《よこやま》　文子《あやこ》

千種川の清き流れのゆったりと古《いにしえ》の音かすかに聞こゆ

水茎のあとあざやかな恩師の文額に納めて日日見あげをり

風かをる日差し明るき庭に来て鳴く鶯の声のさやけし

転た寝の夢に見し母うら若き教師でありき笑みていませり

十五夜の月は清しく照りわたり「備前日生大橋」夜目にもしるし

季を忘れず琉球朝顔今年も咲いて優しき人の面影うかぶ

何処からか風が持て来し百合の花年々数増しわが庭に咲く

西空に有明けの月浮かびゐて銀色の飛行機が音もなくゆく

① 701-3202　備前市　② 龍

母を偲びて

横山《よこやま》　惠美子《えみこ》

還暦のわれは米寿の母の世話にわが身はげましそして見送りき

芍薬の花に見とれて朝食のおくれしわれを母は待ちおり

車椅子にはにかみながら乗る母は笑顔を向ければうつむきて笑む

補聴器を嫌いし米寿の母なりき聞こえぬ時には手まね交じえて

目のうすき母の摘み来しよもぎにはたんぽぽの葉もまじりており ぬ

春雪と桜吹雪と見間違え近づく春を待ちていし母よ

この足もこの手も母より受けしもの杖と傘になりて支えき

昭和二十年買ってもらいし單行本その本は今も本棚にあり

① 709-0604　岡山市東区　② 上道短歌

年老いぬ

横山《よこやま》　美惠子《みえこ》

雨や雪の降り来る日々の独り居は来客も無く冷たく静もる

足病みて坂道下ればガクガクと骨の軋むは我のみの恐怖

独り身となりて事ある毎に知る夫の存在の大きさを知る

今日もまた坂を上りて帰らなむ待つ人も無き我が家なれども

田園の風景昔と変はりなしされど我等はみな年老いぬ

上の方のくもの巣取れよと子の言へど腰曲りては見ゆるは下のみ

杖つかず颯爽と歩く我が姿目覚めて足腰疼く現実

白内障の術後の鏡に見る顔のしみそばかすに皺に驚愕

① 709-4211　美作市　② 龍

帰農十年

吉尾《よしお》　光昭《みつあき》

不慣れなる農に勤しみ早十年《ととせ》鍬の刃先の丸みいとほし

足裏《あうら》への響き細やか地下たびは畝の小石をつぶさに教ふ

伸び盛るぶだうの蔓の息衝きを聞きつつ枝を棚に這はする

手に伝ふ桃の重みのずつしりと丹精問はるる収穫の朝

白鷺の群るる青田に青鷺が老教師のごと首高く立つ

足庇ひ畝に膝付き草引けば根張りの土が顔に飛びくる

手術後を頼りし杖に積む埃たまたま気付き目頭潤む

ほつほつと咲き初むる枇杷の花あかり夕ぐれの畑に仕舞ひをいそぐ

① 701-4245　瀬戸内市

今日も元気で　Ⅱ

吉岡《よしおか》　正江《まさえ》

青空の映りゐる小さき堀の水に藪椿落ちて空を揺らせり

香ばしき麦茶に惹かれ今年また植ゑし麦の芽の育ちに育つ

山深く雪割草の花咲くを聞けば見に行くわれら密かに

小賀玉の花の香に噎す真昼どき傍の畑にて麦を刈りをり

地神を祀る石に彫られし文字深く蛙や蜂がすみかとなしぬ

朝の六時大師の前に灯明をし「お接待」始む子等を待ちつつ

胡麻の花は薄紫に咲き登り虫をとる手にほろほろと落つ

働きしミニトラクターに給油せむとコックを開ければ空映りゐる

① 714-0011　笠岡市　②龍

風のともがら

吉岡《よしおか》　泰重《やすえ》

水張田に雲は流れて天空の回廊となる畔道を行く

早苗田に吹く風やさし白鷺もわれもしばらく風のともがら

早苗田は緑深まり澄み渉る風の調べに五感あそばす

緑陰をさや風と共に駆けて来るうまごは髪を靡かせながら

何ごとも無かりしごとく微笑めばガラスの壁に揺らぐ初夏

幾めぐり巡りてもなほ四国路はわれを呼ぶなりあぢさゐ遍路

緑風の渉る境内すれちがふ女人遍路に妣の面影

胸ぬちを見透かされゐむご本尊は不動明王憤怒のみ姿

① 710-0055　倉敷市　② 窓日

旅のつれづれ

吉田《よしだ》　英紀《ひでのり》

今はただ苔むす墓石を見る許り敵も味方も高野山に眠る

見物せる大英博物館におどろきぬ人の歴史と業の深さに

天草の頼山陽の歌碑の前詩を吟じつつ旅情にひたる

春愁の吉備路巡れば花散らす恨みの雨は冷たかりけり

シチリアの路地に腰かけし老夫婦われらの手握り無事祈り呉る

長良川今季最後の鵜飼船初秋の風にかがり火流る

武士道をつらぬき散華せし悲話残る会津巡れば春風寒し

価値観も人生観も変わるかと広大無辺のユーラシア行く

① 700-0955　岡山市南区　② あすなろ

米寿なるわれ

吉田《よしだ》　美代子《みよこ》

夫在らば囲碁に短歌とそれぞれに励まし合ひて暮らして居むか

米寿なるわれに心遊ばすうたのあり大いなる神に生かされ生きて

最高のひととき味はふ春の宵米寿のわれを子らは言祝ぐ

剪定を終へたる木々は居ずまひを正せしごとく毅然と立ちをり

曽孫抱くに天使のごとき笑顔見せ睦月の空は晴れ渡りけり

哀願の眼指し向けるこの魚ああ買つてあげるよ金曜朝市

百歳の媼の短歌のたびたびに歌壇に載りしに近頃見えず

カサブランカ格調高く咲きたれど今日のひと日は誰も来たらず

① 708-1524　久米郡　② 赤北短歌

山茱萸の花

吉本《よしもと》　きみ子《こ》

額の汗押しぬぐひつつ登りゆけば青葉の彼方に鬼ノ城が見ゆ

絵本見て兄弟と遊べる幼孫ねむたくなれば吾ひざに来る

ほつほつと糸のもつれを解くごとく庭に咲き初む山茱萸の花

城の崎の御所の湯の前の萩の花今を盛りと咲けば去り難し

宿の下に波音きこえ山裾に見ゆる黄の色は石蕗の花

獲物をねらふ蜥蜴の舌は長けれどたうたう虫に逃げられにけり

つつましく生き来しわれを思ひつつ旅の宿にて金箔茶を飲む

庭の辺に鳥の持ち来し千両の今年は朱実を万とつけたり

① 703-8267　岡山市中区　② 龍

身のめぐり

米田《よねだ》　武子《たけこ》

宇野線より望む山々やはらかき山桜の色に染まりてゐたり

旭川の花火大会孫娘は一人で浴衣を着て行けたかしら

十八夜の大きな月がぽつかりと低くかかれり赤き色をして

大地震《おほなゐ》にわれが行きにし熊本城の屋根瓦落ち石垣くづる

田舎家に燕三羽が迷ひ込み出るに出られず羽ばたくばかり

この夏の暑さ極まり杜鵑草の葉も茎も毛虫に食ひつくさるる

取り立ての大根・ねぎなどもらひたり料理をしつつその人を思ふ

収穫後の田んぼ広がる農免道は寒々として冬の真つただ中

① 706-0021　玉野市　② 龍

桜

和田《わだ》　昭子《あきこ》

街路樹の色付き初めし路の辺に今年一番の紅葉を拾ふ

太陽の真下で働く蟻たちに「許せ」と言うて大石を置く

君の住むアパートが博多の桜坂の街にあつたのも遠き日のこと

桜葉の下を行きつつ「お餅の匂い」とわが三歳の孫のいふなる

梅雨入りの雨に打たれて桜の葉が夜中にざわざわとさわぎてをりぬ

花水木の満開の季節わが庭にありし花水木を悔しむ

大阪城の桜を見つつ肌寒き雨の中をゆくこれもまたよし

くもり空は昨日と変はらぬ朝なれど紅かなめの芽が更に鮮やか

① 710-1101　倉敷市　② 龍

移ろひ

和田《わだ》　眞佐子《まさこ》

イベントの津軽三味線みどりなす野山に沁みて緑の音となる

前山《まへ》のわかば若葉のこの眺め「ドローン」「スマホ」も皆脱帽かや

あでやかに咲きし牡丹に雨降るに敗残兵とも「護憲」が過る

「ニホニウム」の快挙の記事を読み終へて荒草退治に我は出でゆく

廃校の裏庭に立つ「金次郎」に声して告ぐるは「歩きスマホ」の世

巨人戦の画面を走る文字追へばまたも噴火やつと正座をす

童らに民話を語る老いわれの細胞ほこほこ五体が目覚む

颪を切り自転車に乗りて下る坂娘の禁止令にわが歳思ふ

① 707-0045　美作市　② 龍

雛菊咲きて

若林《わかばやし》　美苗《みなえ》

夫逝きて歌を詠む術失ひて白紙のノートよ昨日も今日も

家主なき「ハウス」に入りて見上ぐれば葡萄の枝の勢ひうれしも

納屋に入り置きゐる三台の農機具に役目終へたるを労ひやりぬ

堆肥まく我が畑の辺を飛ぶ蜻蛉変身をせし夫かとも見つ

常の日のひとり暮らしは慣れしかとふさりげなき言葉に涙こみ上ぐ

朝露の光の中にたわわなる酸橘は夫の遺木となりぬ

彼の岸に夫は逝きしも此の年に「初孫」といふ新しき命賜はる

親戚の寄り合ふ庭に雛菊咲きて今日は夫の一周忌なり

① 701-2216　赤磐市　② 赤坂短歌

農する日日に

渡辺《わたなべ》　徳子《のりこ》

ＧＷの喧噪に妬けしは昔にてトマトの芽かぎ茄子の支柱す

農薬を好まぬ夫の留守中に田んぼの縁に除草剤を撒く

米作り止むれば安しと思ひつつ一町歩の田の籾種を採る

肥料農薬固定資産税機械代水利費賄へぬ米を売るなり

年毎に耕作放棄の田が増えてゆき泡立草がわびしくゆれる

メロン一個敬老の日に送り来て農繁期など忘れたる子よ

長電話夫の咳払ひ聞ゆれど吾のストレスはまだまだ癒えぬ

農業は健康維持と割り切りて単調な日に気合を入れる

① 708-0844　津山市　③ 地中海

あとがき

岡山県歌人会のこの作品集は、戦後間もない頃から、四年毎の刊行で六〇年、今回はその第一五号になり、三七〇名の出詠者を得た。岡山県歌人会も、一時隆盛な時代もあったが、会員の高齢化と、一般的な短歌離れの風潮から逃れることが出来ず、会員は減少をつづけ、前号（一四号）作品集では出詠者三四〇名でありました。

しかしこの一五号にいたり、役員の方々の努力と、一般会員の皆さんの御協力もあり、減少するべきところを、三〇名の増加を得ることが出来ました。誠に有難く、協力をいただいた皆様方にお礼を申します。

この第一五号の出詠者増加を単なる奇貨とすることなく、我々は益々努力を重ね、短歌そのものの質的向上を計らねばならない。今こそその時であると思います。大会に参加し、大いに語り、大いに学ぶべし。皆さんどうぞよろしくお願いいたします。御協力有難うございました。

この度の歌集を編むに当たり、原稿の整理・編集をして頂いた能見謙太郎、岡智江、小林智枝、関内惇の皆さんにお礼を申します。また、煩雑な校正に携わってくださった飽浦幸子、野上洋子、平井啓子、村上章子の方々にもお礼を申します。そして、出版社の皆様に感謝します。

二〇一七年九月一日

小見山　輝

岡山県歌人会作品集　第十五

平成二十九年十月二十二日　印刷
平成二十九年十月二十二日　発行

編　集　岡山市北区西辛川三九七—一九
岡山県歌人会

発行所　岡山市南区西市八五五—四
株式会社大学教育出版

印刷製本　モリモト印刷株式会社

ISBN86429-473-7